# OBSESSIONE ALFA

## RENEE ROSE
## LEE SAVINO

Traduzione di
### ANNALISA LOVAT

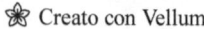 Creato con Vellum

# OTTIENI IL TUO LIBRO GRATIS!

Iscrivetevi alla newsletter di Renee per ricevere Indomita, scene bonus gratuite e notifiche riguardo a nuove pubblicazioni!

https://BookHip.com/MGZZXH

I DATI del computer mi fissano, e io ricambio lo sguardo. È una gara inutile. È il computer a vincere.

Scuotendo la testa, mi spingo con la sedia dall'altra parte del laboratorio, verso il microscopio. Ma niente. Non è cambiato nulla neppure qui. "Non può essere corretto" mormoro strofinandomi gli occhi. È tutto il giorno che sposto lo sguardo dallo schermo al microscopio e viceversa. E lo faccio sette giorni su sette da quando ho iniziato questo lavoro. Forse comincio ad avere le allucinazioni.

"C'è qualcosa che non va?"

Sussulto e ruoto sulla sedia, portandomi una mano al petto. "Dottor Smyth, mi ha spaventato."

L'uomo alla porta piega di lato la testa ricoperta di capelli biondissimi, ma non si scusa.

"Non è niente. Stavo solo parlando da sola. A volte lo

faccio. Ehm." Mi schiarisco la gola. "Ho finito i test preliminari sulle cellule che il team Alfa ci ha fatto avere. Ci sono stati risultati decisamente spettacolari."

Il capo entra come se fosse a casa sua, anche se non ha mai messo piede qua dentro da quando mi ha assunta. Non indossa un camice da laboratorio, ma pantaloni e giacca scuri. Le lucide scarpe nere non fanno il minimo rumore quando cammina, e a volte lo scorgo a guardarmi con occhi fissi, senza battere ciglio. Come un alligatore, o un predatore impegnato nella caccia. Mia madre mi ha sempre detto che ho una fervida immaginazione. Mi aggrappo alla sedia, felice di avere qualcosa come scudo tra lui e me.

"Le devo chiedere una cosa: qual è la fonte di queste cellule?"

"Te lo direi, ma poi dovrei ucciderti." Il suo sorriso mi fa irrigidire. È una smorfia priva di ogni allegria, che non fa altro che mettere in mostra i canini piuttosto sporgenti.

"Ah sì, certo." Rido stentatamente, per dimostrare che ho colto la battuta.

"Tutto a tempo debito, signorina Layne. Per ora, la Data-X sta eseguendo dei test in doppio cieco su tutti i nuovi progetti, per prevenire errori nelle scoperte."

"Certamente. È solo che i dati… sono straordinari." Mi porto alla scrivania per mostrarglieli. "È stato tutto normale fino a che non li ho messi sotto a un ampio spettro…"

"Un momento." Il capo mi interrompe e fa cenno a qualcuno dal corridoio. Un uomo più anziano, alto e slanciato, con il volto rugoso, entra nella stanza. "Don Santiago, vorrei presentarti la nostra nuova collaboratrice, la scienziata che abbiamo messo a capo del progetto Omega. La signorina Layne Zhao."

A dire il vero sono la *dottoressa* Zhao. Ho lavorato sodo per ottenere il dottorato. Un giorno o l'altro troverò il coraggio di correggere chi sbaglia, guardandolo con un sorriso da coccodrillo.

Il nuovo arrivato mi squadra da capo a piedi. O ritiene il mio aspetto un po' trascurato, oppure sta ammirando i miei seni sotto al camice. Decido che è la prima delle due, giusto per concedergli il beneficio del dubbio.

"Piacere di conoscerla." Raddrizzo la schiena. Avrei preferito sapere che il capo si sarebbe presentato con degli ospiti. Non ricordo neanche l'ultima volta che sono andata a casa a farmi una doccia. Non che avrei avuto molto tempo, ma almeno avrei potuto mettermi un camice pulito e poi magari spazzolarmi i capelli. Non ricordo neanche l'ultima volta che ho fatto una di queste cose. Ma questo non impedisce a Don Inquietante di farmi i raggi-x.

"Il piacere è tutto mio" dice l'uomo con voce suadente. Ha un marcato accento inglese. Il suo sguardo rimane fermo sulla curva dei miei seni sotto al camice, mentre dice a Smyth: "Una donna così bella, e la tieni rinchiusa in questo laboratorio."

Smyth ride e io mi tengo aggrappata alla sedia. C'è qualcosa in quel sono roco che mi fa serrare i denti.

"Oh, alla fine la faremo uscire." Poi si rivolge a me: "Don Santiago è in visita per verificare tutte le nostre operazioni. È uno dei principali finanziatori del programma. Vorrei che sentisse quello che hai scoperto."

"Certamente." Faccio una pausa, vedendo diversi uomini vestiti di nero entrare e prendere posto accanto alla porta o in altri punti discreti della stanza. Portano tutti a tracolla, davanti al petto, delle armi automatiche.

"Mi scuso" dice Santiago con quel suo tono denso e caldo. "Porto le mieguardie del corpo ovunque vada. La situazione è molto meno sicura nel mio Paese."

"Ah, va bene. Nessun problema. Anche qui le misure di

sicurezza sono piuttosto serrate." Sorrido debolmente. La verità è che la sicurezza in questo posto è assurda. Un altro motivo per cui passo in laboratorio tante ore: per non farmi perquisire ogni volta che faccio una pausa o esco per pranzo. Alcune guardie si divertono a perquisirmi un po' troppo.

"Una precauzione necessaria" dice Smyth. "La nostra ricerca è pionieristica nell'ambito degli studi sul DNA. La concorrenza ucciderebbe per mettere le mani sulle nostre scoperte." Mi irrigidisco di nuovo alla parola uccidere, ma sia Smyth che Santiago ridono. Probabilmente essere circondata da sei uomini nerboruti e armati mi rende un po' nervosa.

Mi schiarisco la gola. "Come stavo dicendo, queste sono le cellule estratte dal progetto Alfa. Avete presente?"

Sia Smyth che Santiago annuiscono. Mi sa che ne sanno più di me, al riguardo.

"Allora, sto facendo dei test su queste cellule. E… sono straordinarie. Resistenti alle malattie, estremamente longeve e auto-rigeneranti." Mi fermo, aspettando un loro commento di sorpresa.

Niente. I due mi guardano. Santiago sembra quasi… annoiato. Smyth mi fa segno di continuare.

"Ma sono normali cellule umane… o almeno lo credevo." Mi giro verso il computer dove ho condotto l'ultimo test. "Oggi le ho messe sotto a uno spettro a luce debole. Le cellule… si sono trasformate. In qualcos'altro. Qualcosa di… non umano. Non sono stata in grado di scoprire molto altro…"

"Che genere di spettro di luce ha dato avvio alla trasformazione?"

"Uh." Odio quando mi interrompono, e Smyth lo fa un sacco di volte. Ma è il capo, e quando mi ha assunta mi ha dato accesso a una struttura di livello avanzato per permettermi di completare i miei studi post-dottorato. E quando

4

pubblicherò le mie scoperte, sarà valsa la pena di sopportare tutti i dettagli inquietanti che fanno da contorno alla situazione. O almeno è quello che continuo a ripetermi. Sorrido e lo assecondo. "È ehm…" Cerco dei termini semplici, da inesperti. "Una luce composta per lo più di rosso e arancio. Una luce debole. Fatta per simulare il bagliore della luna."

Smyth e Santiago si guardano.

"Nient'altro?" chiede Santiago. Scuoto la testa, anche se vorrei scatenarmi a parlare di quanto sia stupefacente la scoperta.

"Bene, bene. Mandami una mail se trovi altro." Smyth allunga una mano per fare segno a Santiago di uscire, congedandosi immediatamente da me.

Mi mordo la lingua. Sono una scienziata specializzata in DNA. Mi sono laureata in due delle maggiori scuole. E ora ho un capo che mi tratta come se fossi un tecnico di laboratorio idiota, o peggio un bocconcino da guardare. E lo accetto, perché se queste cellule Alfa contengono la chiave per curare malattie, allora vale la pena di sentirsi ancheun po' a disagio.

Sospiro e mi rimetto al lavoro.

~.~

QUALCHE ORA PIÙ TARDI, le luci lampeggiano sopra di me e io sbatto le palpebre. Per un secondo il laboratorio è immerso nell'oscurità e l'unica fonte luminosa sono i computer. Mi alzo in piedi ma le luci si riaccendono, come se niente fosse. I computer sono tutti in funzione, ma sono collegati a deigeneratori di backup, per non rischiare perdite di dati in caso di interruzione dell'energia elettrica. Però è strano.

"Sicurezza" dice una voce bassa, e io indietreggio dalla scrivania. Un giovane con i capelli biondi a spazzola alza le mani in aria. Indossa un paio di jeans neri e una maglietta dello stesso colore che gli fascia il petto muscoloso. Non è imponente come certe guardie, ma è slanciato e muscoloso. Qualcosa nel suo aspetto mette in moto la mia libido quasi estinta.

"Ehi, scusa. Non volevo spaventarti."

"Nessun problema. Ehm, me ne devo andare?" Raccolgo delle carte.

"No, non mi fermerò molto. Sei del turno di notte?"

Gli lancio un sorriso. È giovane per essere una guardia, deve avere la mia età. Ha gli avambracci ricoperti di tatuaggi e piercing su entrambe le orecchie. Nonostante questo, ha un aspetto amichevole e non mi fa paura.

"Sto solo facendo gli straordinari. Ho un progetto in corso. Sai com'è."

"Faccio veloce" dice. "I soliti giri."

"Capito. Mi pare che non lesinino proprio sulla sicurezza, qui."

Un'altra risata sommessa. È un piccolo James Dean. O Billy Idol. Non come le altre guardie, che sembrano soldati. "Ti prometto che non ti intralcio." Ha la voce roca da fumatore.

"Grazie." Questo gli fa guadagnare un sorriso ancora più grande. Il laboratorio è il mio regno e il mio santuario. Visto tutto il tempo che ci passo, dovrebbe essere il mio indirizzo di residenza.

Mi stringo la sommità del naso per alleviare il dolore tra gli occhi. È sera, il che significa ora di cena. Non ho neanche pranzato.

Vado verso l'angolo, dove tengo le barrette ai cereali e gli antidolorifici. Mi sento addosso gli occhi del giovane. È attraente, se si presta attenzione a dettagli del genere. Cosa che io in genere non faccio. Per qualche ignoto motivo, i miei ormoni – che funzionano a stento da quando ho saltato il liceo per andare subito al college – sembrano essersi messi in moto. Per la prima guardia simpatica in questo ambiente di lavoro così simile a una prigione. Pensa un po'. Dovrei davvero uscire di più.

Uso la pausa per andare al bagno, dove mi rinfresco il viso con dell'acqua. A parte i segni neri sotto agli occhi, non ho un aspetto proprio orribile. I capelli neri e lisci sono raccolti in una severa coda di cavallo: niente complicazioni. Ho gli zigomi alti e le fossette, come mia madre, e gli occhi a mandorla, un dono del mio padre sinoamericano. Penso di essere carina. Anche con un camice da laboratorio addosso, le curve sono evidenti. Non così piene come sarebbero se mangiassi regolarmente, ma sotto alla stoffa bianca c'è un corpo da donna. Quel che basta a stuzzicare le fantasie di viscidi addetti alla sicurezza. Quel che basta ad attirare l'attenzione di Santiago.

Faccio una smorfia mentre mi guardo allo specchio. Non me ne frega niente se è un finanziatore o un multi-milionario – e deve esserlo, per aver finanziato un progetto del genere. Quello lì mi fa paura. Non voglio che mi metta gli occhi addosso. La giovane guardia di là… quella è un'altra storia. Non mi spiacerebbe una bella perquisizione da parte sua.

Ok, questo era un pensiero stranamente sessuale. Cosa mi sta succedendo? Sono davvero stata troppo isolata ultimamente.

Quando torno al mio posto, il computer lampeggia. Strano. Andava benissimo un minuto fa. Ma ora lo schermo è in moto.

Ma che diavolo succede? Mi acciglio e porto velocemente

le dita sul mouse. C'è la mia ricerca in questo computer, e non ho tempo per problemi informatici.

Mi volto e vedo il giovane della sicurezza chino su un modem nell'angolo. "Cosa stai facendo?"

Lui raddrizza la schiena, ma non risponde.

"L'unica persona che dovrebbe toccare questi computer sono io."

Si infila le mani in tasca e per qualche motivo penso che lo faccia per apparire meno minaccioso.

"Ti ha mandato il dottor Smyth?"

Il bel giovane rimane immobile. Completa allerta. "Conosci il dottor Smyth?"

"Certo che lo conosco. È lui che mi ha assunto. Era qui poco fa."

"Qui?" La bocca del ragazzo si irrigidisce, gli occhi azzurri si infiammano. "L'hai visto?"

"Sì. Perché?" Il computer accanto a me emette un segnale sonoro. Mi volto. "Cos'hai fatto?" Vedo dei numeri scorrere sullo schermo, una specie di codice che non conosco. "Questi macchinari vengono usati solo per la tabulazione dei risultati dei miei test." Pigio un tasto sulla tastiera, ma non succede nulla. "Sei stato tu? Ferma tutto!"

Quando mi volto, mi sta puntando contro una pistola. È grossa e ha una doppia canna. "Allontanati dal computer" dice. "Non voglio farti del male."

Sento il cuore balzarmi in gola. Alzo le mani e indietreggio. L'aria innocua e disinvolta è sparita, sostituita dalla freddezza di un vero soldato.

Chi diavolo è questo qua, e cosa vuole? Tutt'a un tratto la sicurezza dell'edificio non mi sembra così eccelsa. Forse c'è davvero gente che vuole impossessarsi dei dati della ricerca. Se riuscissi ad arrivare al corridoio, potrei far scattare l'allarme. Devo aver mosso gli occhi in quella direzione, perché lo vedo scuotere la testa.

"Non ci pensare nemmeno."

Sento ribollire e poi gelare il sangue. "Cosa intendi fare?"

"Quello che devo. Niente di più e niente di meno. Fai come dico e non avrai niente di cui preoccuparti." Mentre parla, tiene sempre l'arma puntata contro di me. Resto ferma, passando in rassegna mentalmente ogni oggetto presente che potrebbe tornarmi utile come arma. Nella cella frigorifera ci sono fiale di malattie infettive, ma se gliele getto addosso corro un grosso rischio. Con la pistola puntata contro di me, l'intruso si avvicina al computer e aspetta.

"Ancora qualche minuto e poi me ne vado. Ma il laboratorio è stato imbottito di esplosivi. Quindi sarà meglio che te la svigni alla svelta anche tu."

Sento il ghiaccio scorrermi nelle vene. "Cosa? No." Sussulto. "Stai bluffando."

"Io non bluffo mai."

Mi gira la testa e afferro lo schienale della sedia per mantenere l'equilibrio. "Ma perché lo fai? Questa ricerca potrebbe salvare delle vite." La mia mente sta vorticando, cercando di elaborare un modo per recuperare i dati e portarli fuori da questo posto prima che salti per aria.

"È quello che ti hanno detto per convincerti a lavorare qui?" La calma che emana è quasi inquietante. Un'intelligenza tranquilla che mi trattiene dall'etichettarlo come pazzo.

Come ho fatto a scambiarlo per una guardia? Quando sposta gli occhi su di me, vedo che mi ero sbagliata: non sono azzurri. Hanno una strana tonalità giallastra. O forse è uno scherzo della luce.

"Ti hanno mentito."

"No, è la verità. Lo so. Lavoro su questo progetto da metà della mia vita. E sono vicinissima a una scoperta fondamentale." Non posso trattenermi dal voltarmi verso la stampante e prendere la risma di documenti. "Ti prego, le mie scoperte avranno un enorme significato per la gente. Parlo di gente senza speranza..." Un singhiozzo mi sale alla gola a interrompermi. In genere non manifesto emozioni. Mi sa che è la minaccia nella quale mi trovo a sortire questo effetto.

Lui fa un leggero passo avanti e mi scruta in volto per un momento. "Che cos'hai scoperto?"

"Le cellule su cui sto lavorando... sono resistenti alle malattie. E non solo. Si rigenerano pure. Ho quasi finito di estrarre la sequenza del DNA. Quando avrò terminato, potrò sostituirla."

Vedo un leggero movimento nella sua espressione, ma non sono in grado di interpretarlo. "E poi?"

"Poi... userò le cellule per aiutare la gente. La gente che sta male. La gente che soffre di malattie debilitanti e letali, che non ha altre opzioni. Questa scoperta aiuterà un sacco di persone." Mi interrompo, vedendo che le luci lampeggiano un'altra volta.

Si riaccendono un secondo, come trattenendo il fiato. Poi si spengono del tutto e ci troviamo avvolti dal buio. Vedo solo quel poco che èilluminato dal bagliore verde del segnale 'Uscita' sopra alla porta. La giovane guardia non si è mossa, e mi rendo conto che è tutto parte del piano. Il suo bel viso appare quasi esausto nella tenue luce emanata dagli schermi dei computer.

"Mi spiace" dice.

Qualcosa scatta in me. Corro verso la porta. Lui mi è addosso in un lampo e le sue braccia mi afferrano da dietro. Apro la bocca per urlare, ma lui soffoca il grido con una mano. Mi viene in mente che non ha usato la pistola. Perché?

"Calmati." Mi riporta indietro. Sono più piccola di lui, e devo dire che è anche spaventosamente forte. "Non voglio farti del male. Voglio solo saperne di più sul dottor Smyth. Dove si trova adesso? Qui nella struttura?" Ha un odore caldo di pino e terra. Forse è segno che sono stata rintanata qui dentro per troppo tempo, ma la sensazione delle sue braccia attorno mi fa sentire bene. È come se mi stesse abbracciando, non intrappolando né bloccando. E non sono spaventata come forse dovrei. Ma non posso lo stesso permettere che mi rovini la ricerca. Mi leva lentamente le dita dalla bocca.

"Non so niente. Ti prego... mi hanno assunta solo qualche mese fa!"

"Però oggi l'hai visto?"

Annuisco.

"Era con qualcuno?"

"Un uomo di una certa età, un finanziatore. Don Santiago. Aveva un sacco di guardie del corpo" aggiungo. "Tipo una decina. Uomini armati. Una milizia." Non so se glielo dico per spaventarlo o perché ho bisogno di raccontarlo a qualcuno, vista la bizzarria della cosa.

Il giovane mi fa girare in modo da trovarsi faccia a faccia con me. Mi stringe entrambi gli avambracci con presa salda ma non esagerata. Qualcosa nella sua vicinanza mi riporta in vita il corpo: i capezzoli si inturgidiscono e sento l'eccitazione scorrere tra le gambe. Ma è da pazzi essere attratti da un criminale.

"Sono *nell'edificio*?"

Scuoto la testa. "No, penso che se ne siano andati."

"Dove? Smyth ha un ufficio qui?"

"Per favore..."

"Rispondimi!" dice con rabbia.

"No! Non so dove lavori. In genere ci interfacciamo al telefono o in videoconferenza." Lo scruto nel buio. Ha due occhi che sembrano vecchi, confronto al viso giovane. Chiunque sia questo ragazzo, ha vissuto un'esistenza difficile.

"Come ti chiami?"

"Dottoressa Zhao. Layne." Aggiungo il nome sperando che mi veda come una persona, non come un anonimo topo da laboratorio. Mi lecco le labbra. Per un istante il suo sguardo si posa su di esse. Lo vedo indeciso.

"Va bene, Layne." Mi gira e mi blocca entrambi i polsi dietro alla schiena. "Adesso vieni con me."

~.~

*Sam*

IL RESPIRO spaventato di Layne mi angoscia mentre la spingo avanti, tenendole i polsi con una mano. Dopo averla vista così infervorata nel tentativo di convincermi delle sue ragioni, un po' mi aspetto che tenti di scappare. Ma tiene invece la testa bassa e fa come le dico. Forse è sotto shock. O sta prendendo tempo. Ovviamente è furba.

La dottoressa Layne Zhao. *Layne*. Il nome mi tintinna nella testa come una melodia. Ha un profumo dolce, da gelsomino. A quanto pare è passato un sacco di tempo da quando ci ho provato con una femmina, perché il mio lupo è impazzito quando l'ho afferrata, e mi sono trovato la testa piena di immagini di lei carponi per terra e io che la prendevo forte da dietro.

Cristo. Sto perdendo il controllo. Non posso permettere alla pazzia della luna di impossessarsi ancora di me. *Non posso*. Se voglio chiudere l'operazione, devo mantenere sembianze umane. Non posso permettere che il buio abbia il sopravvento.

La spingo velocemente lungo il corridoio, strisciando il suo badge per aprire la porta. La vedo inclinare la testa verso la videocamera subito sopra e disegnare con le labbra la parola *aiuto*.

Peccato che una semplice manomissione abbia permesso di impostare una registrazione che prosegue in loop all'infinito. E poi ho già *sedato* i due che monitorano l'ingresso. La sicurezza è serrata, ma nessun sistema è impenetrabile. Sarà complicato uscire con un ostaggio, ma fin qui tutto bene.

Gli ostaggi non rientrano tanto nel mio stile, ma se sta dicendo la verità su Smyth e Santiago, allora lei è il collegamento più vicino che ho a loro. Insieme alla chiavetta piena di dati che quasi mi scotta nella tasca dei pantaloni.

Portare questa donna con me non ha niente a che vedere con il mio lupo che sta ululando perché la protegga, perché ha paura che non riesca a uscire prima che gli esplosivi facciano saltare tutto per aria.

Le luci si riaccendono e il mio ostaggio torna in vita, dimenandosi nel tentativo di liberarsi dalla presa.

Impreco, non voglio farle male. Ruota la testa e mi dà un colpo sul naso con la fronte, una mossa tanto sorprendente quanto sexy.

Sento lo scricchiolio del setto nasale e allento la stretta. Lei si divincola e parte di corsa lungo il corridoio.

Il mio lupo interpreta la mossa come un dannato gioco, e prima che possa filtrare la mia reazione si lancia dietro di lei. La blocco a terra, dove cadiamo entrambi in scivolata. Il suo flebile *uff* me lo fa venire duro contro alla morbida curva del suo culo. Una gocciolina di sangue cade dal mio naso sul suo collo, e devo cacciare indietro con sforzo le scuse che mi sono salite alle labbra.

È stata lei a spaccarmi il naso, per l'amor del cielo.

Mi stacco: ho più paura di perdere il controllo che di lasciarla scappare. Posso sempre riprenderla. Grazie alle mie doti da mutante, il naso ha già smesso di sanguinare e le ossa stanno tornando al loro posto. Sono grato al miracolo che ogni volta mi permette di guarire solo perché ricordo benissimo cosa significa essere troppo deboli perché si rimarginino le ferite.

Layne si mette carponi.

Le afferro le caviglie e la tiro indietro. Lei mi prende ancora una volta di sorpresa, ruotando e lanciando il suo corpo contro al mio, come a bloccarmi con la schiena a terra. Ovviamente non cedo, grazie alla mia forza da mutante, quindi va a finire che me la trovo a cavalcioni, con le braccia strette attorno al collo.

*Ma ciaaaao, Layne*, pensa il mio lupo, con tono suadente. La mia erezione preme contro al calore del suo inguine. Sento che mi infila la mano in tasca, alla ricerca della chiavetta con i dati.

*Donna sveglia.*

Le afferro il polso per fermarla, poi le infilo un braccio attorno alla vita. Non ho intenzione di tirarla più vicina, ma succede. Ok, forse l'intenzione c'era.

Perché sto perdendo la lotta contro il mio lupo.

Cielo, vorrei che non fosse così dannatamente attraente. Ha le guance arrossate, e cazzo, sono lentiggini quelle che ha sul naso?

Il mio lupo ansima e mi fa avvicinare il naso al suo collo. Mi ci vuole tutto il mio sforzo per controllarmi e non tirare fuori la lingua per assaggiarne il sapore.

"Dottoressa Zhao, mi piacerebbe un sacco ballare il mambo orizzontale con te ancora per un po', ma non abbiamo tempo. Dobbiamo uscire di qui prima che questo posto salti per aria."

Le lacrime le salgono agli occhi e l'effetto sulle mie viscere è devastante.

Il mio lupo arretra, l'aggressività del tutto impantanata.

"Ma la mia ricerca..." Sembra davvero distrutta.

Ma dai...

Wow. Questa qui si cura più della sua ricerca che della propria vita. Che cosa... *affascinante*.

"Se vuoi che la tua ricerca venga conservata, allora devi venire con me, capito?" Le sventolo la chiavetta davanti agli occhi. Meschino da parte mia dato che non ho nessuna intenzione di restituirle i dati, ma devo portarla fuori da questo edificio prima che esploda. Me la levo di dosso, mi alzo rapidamente in piedi e ricomincio a spingerla lungo il corridoio.

Sembra accettare la mia logica, perché stavolta cammina rapida insieme a me. "Dove stiamo andando?"

"Fuori. Sto cercando di metterti in salvo, dottoressa."

"In salvo da cosa? Sei tu quello con la pistola e gli esplosivi."

Scelgo di non rispondere. Non abbiamo proprio tempo per spiegarle che si trova dalla parte sbagliata della ricerca etica. Non penso che abbia la minima idea di cosa stia realmente accadendo in questi laboratori.

"Chi sei? Perché stai facendo questo?"

*Un sacco di motivi, dolcezza. Giustizia. Salvezza. Vendetta.*

"Quelli per cui lavori... sono cattivi."

La vedo aggrottare la fronte davanti al riassunto della situazione.

"Sono un uomo d'onore" le dico. Se fosse una mutante potrebbe capire dal mio odore che non sto mentendo. Mi scruta mentre la spingo lungo un altro corridoio. Alcuni umani si affidano all'istinto per giudicare gli altri. Spero che la dottoressa Zhao rientri tra questi.

Ovviamente è possibile che l'istinto ce l'abbia, combinato con una certa predisposizione a farsi ingannare. Conoscendo Smyth, deve averla scelta come dipendente proprio per questo motivo. *Il miglior guadagno è il risparmio.* Tipico di Smyth.

"Facciamo un patto. Tu mi aiuti a trovare il tuo capo e io non faccio saltare in aria il laboratorio."

"Ti ho già detto che non è più qui. Se n'è andato dopo il nostro incontro di oggi."

"Intendo dire che puoi darmi qualsiasi informazione che possa tornami utile per trovarlo."

Socchiude gli occhi. Posso quasi sentire le rotelle del suo cervello che girano mentre analizza le opzioni che le sono offerte. Un profondo respiro e poi annuisce.

Mi sorprende il sollievo che segue il suo consenso. La voglia che ho di guadagnarmi la sua fiducia. Non che abbia importanza, fintanto che farà quello che dico. Ma il mio lupo odia che la minacci.

"Affare fatto?"

"Affare fatto" conferma. Infilo la pistola con il sedativo nella cintura dei jeans. Mi fermo per disinnescare gli esplosivi che avevo predisposto prima e li porto con me. Mi riservo il diritto di tornare per far saltare tutto più tardi, dopo che mi avrà raccontato quello che sa.

Non mentre lei si trova qua dentro, ovviamente.

"Andiamo."

Alla postazione di controllo della sicurezza, la dottoressa Zhao si ferma di colpo vedendo le due guardie umane che ho lasciato prive di conoscenza.

"Continua a camminare" ringhio. Non farei mai del male a una donna, ma non occorre che lei lo sappia. Premendole una mano contro alla schiena, la spingo oltre i corpi flosci a terra. Stringo i pugni scorgendo l'espressione preoccupata che ha in viso. Non meritano la sua commiserazione.

"Se sapessi che razza di uomini sono, non saresti in pena per loro" le dico con severità. Sembro stizzoso, come se avessi qualcosa da dimostrare. Che sciocchezza. Non devo mica difendermi davanti a lei: ho solo bisogno che mi porti da Smyth.

Lei si morde le labbra, mentre uso di nuovo il suo badge. Mi sono intrufolato qua dentro di soppiatto, ma è necessario uscire normalmente. Ho rubato il badge di una guardia che ho messo al tappeto, quindi sembrerà che stia accompagnando la dottoressa Zhao alla sua macchina.

Quando la vedo guardare un'altra volta i corpi con espressione preoccupata, le prendo un braccio. "Andiamo. Stiamo perdendo tempo." La tengo vicina a me. "Stai rilassata e ne verrai fuori illesa. Te lo prometto."

Usciamo rapidamente, insieme. "Qual è la tua macchina?"

Indica una piccola e compatta auto blu e la accompagno lì. Ovviamente guida un veicolo ibrido, uno di quelli rispettosi dell'ambiente. Le ho preso le chiavi prima, insieme al badge. Mentre ci avviciniamo, faccio scattare la serratura.

E lì iniziano i guai.

"Ehi" chiama qualcuno dalla torretta di guardia. "Hai sentito Matthias?"

Faccio di no con la testa mentre dirigo Layne verso il lato del guidatore.

"Devi andare dentro a controllare. È un po' che non li sento." Prova ancora una volta a chiamare i colleghi al walkie talkie.

"Va bene." Le apro la portiera chinando la testa e facendole segno di montare. Gli addetti alla sicurezza sono per la maggior parte umani, ma ci sono anche alcuni mutanti mercenari. Lupi, per lo più.

Che fortuna che uno di loro sia in servizio stasera.

"Ehi, è la dottoressa Zhao quella?" esclama. "Stanno dicendo che non può uscire. Pare ci sia stato un download illegale di dati dal suo laboratorio."

Mi giro a guardare per dimostrare che lo ascolto cercando di mantenere i movimenti naturali. C'è una folata di vento. Lo vedo sgranare gli occhi quando gli arriva il mio odore alle narici.

"Fermo lì." Sblocca la pistola automatica proprio quando la dottoressa Zhao si allontana da me.

"Aiuto" grida correndo verso di lui.

Ovviamente lo stronzo punta dritto contro di lei.

"No" urlo scattando al massimo della velocità per raggiungerla prima che la guardia spari. Le vado a sbattere contro, spingendola di lato mentre una raffica di colpi ci passa giusto sopra alla testa. Estraggo la pistola con il tranquillante e sparo. Il bersaglio cade e non perdo altro tempo. Sollevo l'ostaggio da terra e la spingo in auto. Tutt'attorno si levano grida e capisco che le altre guardie sono scattate in azione per fermarci.

Coprendo il fragile corpo dell'umana con il mio, la spingo verso il sedile del passeggero e monto a bordo accanto a lei.

"Allacciati la cintura" le ordino non appena l'auto va in moto. Resto in retromarcia, mantenendomi tra la passeggera e la torretta di guardia. Una raffica di proiettili ci colpisce al nostro passaggio. Beccano la fiancata del veicolo, ma non lo fermano.

"Mi hanno sparato addosso" grida la dottoressa Zhao.

"E grazie al cazzo, dolcezza." Sterzo in direzione del cancello. Non ho mai usato un veicolo ad alimentazione economica per una fuga. C'è una prima volta per tutto.

"Ma perché fanno così?"

"Hanno pensato che stessi rubando la ricerca."

"Perché dovrei rubare la mia stessa ricerca? Sono una dipendente…" Lancia un grido quando una guardia ci balza addosso. Sterzo per schivarla e premo l'acceleratore al massimo.

Altri spari. Tengo il volante con una mano mentre con l'altra spingo la testa della dottoressa Zhao verso le sue ginocchia, costringendola a stare bassa.

"Resta giù" le ordino. I cancelli sono chiusi. È ora che questa macchinetta economica si trasformi in un ariete da sfondamento.

Le grida risuonano sopra di noi e le pistole automatiche sparano a raffica. L'auto vola avanti, schiantandosi contro alla recinzione.

La dottoressa grida.

"Resta giù" urlo. Dietro di noi, le guardie passano di corsa attraverso il cancello sfondato, sempre gridando. Alcuni corrono verso le loro auto. Non siamo ancora al sicuro. Ce ne manca.

"Oddio, oddio" ripete la giovane scienziata, come in una cantilena.

"Stai bene? Sei ferita?"

Lei si volta incredula a guardarmi.

# CAPITOLO DUE

*ayne*

Canto sotto la doccia. Quando lavoro parlo da sola. A volte mi dimentico di fare il bagno. Per questo mi si può definire strana.

Il tizio seduto accanto a me, quello che con la mia macchina ha sfondato un cancello e ha superato una grandinata di proiettili, quello è proprio pazzo, cazzo! *Cazzo* con la C maiuscola!

"Tutto bene?" mi chiede di nuovo.

"Ci hanno sparato." Ancora non ci posso credere. Pensavo che la guardia mi avrebbe aiutato. Non ci ha pensato due volte a puntarmi la pistola in faccia. Immagino abbia pensato che fossi complice del Pazzoide.

Il mio rapitore ha un aspetto mesto. "Sì."

Mi stringo le braccia attorno al corpo. "Ma perché? Io ci lavoro, qui."

Il giovane serra la mandibola e accelera lungo la strada. Fa un paio di curve a rotta di collo e impreca quando sente l'auto ondeggiare. "Dannazione."

"Che c'è?"

"Hanno beccato i copertoni."

Piagnucolo. La mia povera Prius.

"La macchina è l'ultimo dei nostri problemi. Te ne compro un'altra" dice.

Non discuto. Il Pazzoide probabilmente sa compilare una richiesta di risarcimento per l'assicurazione. Chissà?

"Stai calma. Ti tiro fuori da questa storia" dice, come se non fosse stato lui a ficcarmici. "La cosa importante adesso è non farsi ammazzare."

Eufemismo dell'anno.

Da come la vedo io, è lui il motivo per cui ci hanno sparato addosso, quindi restarci insieme sarebbe una follia. Devo riuscire a svignarmela e chiamare il dottor Smyth e spiegargli che non sono sua complice nel furto di dati.

Ma prima devo recuperare i miei dati da questo maniaco.

Sterzando di colpo, si immette nel parcheggio di un fast-food e sistema la macchina dietro a un cassonetto.

Faccio appena in tempo a orientarmi che mi apre la portiera, mi sgancia la cintura e mi tira fuori. "Andiamo."

"Dove?" chiedo in automatico, inciampando mentre mi trascina verso un furgoncino anonimo, di quelli senza finestrini sul retro.

"In un posto sicuro."

Merda. Avrei dovuto ribellarmi di più al laboratorio. Ora finirò prigioniera nel suo furgoncino, dove andrà a finire che mi violenterà. Magari è uno scienziato pazzo che fa esperimenti. Speriamo non su di me.

*La ricerca. Il lavoro della mia vita. La cura. È tutto quello che conta.*

Ma non posso fare a meno di chiedergli: "Non puoi lasciarmi andare e basta?"

"No." Mi tiene saldamente per il gomito e mi dirige fino alla portiera del furgone. "Hai visto i soldati. Ci stanno inseguendo."

Giusto. Oppure vuole che gli creda, in modo che non tenti di scappare.

"Vuoi continuare a vivere? Allacciati la cintura. Ora usciamo da qui."

Mordendomi il labbro, faccio quello che dice. Fino a che non scorgerò l'occasione di andarmene.

Guida come un maniaco, prendendo svolte improvvise e restando alla larga dalle strade principali. Io mi tengo stretta al bordo del sedile.

Può darsi che mi stia portando da qualche parte per uccidermi. O può darsi che stia dicendo la verità.

Non ho nessun motivo di credergli. Ma oggi dopo aver parlato con Smyth e Santiago e aver visto tutte quelle guardie del corpo, e dopo la sparatoria a cui ho appena assistito, devo ammettere che non tutto è come sembra alla Data-X. Che motivo potrebbero avere per trattare la nostra struttura di ricerca come un complesso militare in zona di guerra?

"Cosa volevi dire con *tutto quello che hanno fatto*?" gli chiedo alla fine.

"Sai quelle cellule di cui mi hai parlato?"

"Sì…"

"Ti hanno mai detto da dove vengono?"

Mi si stringe lo stomaco mentre mi preparo alla rivelazione. Sta per dirmi qualcosa di folle, tipo gli alieni. O i supereroi.

Mi mostra l'avambraccio destro per farmi vedere i tatuaggi. No, non i tatuaggi. Guardo meglio. I tatuaggi coprono delle cicatrici. Una striscia dopo l'altra, come quelle dei drogati. E anche bruciature.

Inspiro con forza. Cosa mi sta mostrando? Sfioro i segni con le dita e lui allontana il braccio di scatto, come se lo avessi scottato. "Mi stai dicendo che sei tu la fonte delle cellule? E che non è stato consenziente?"

Muove la mandibola e la sua bocca forma una linea triste. "Sto dicendo che non hai idea di cosa stia succedendo laggiù."

Sento l'irritazione impennarsi. "Beh e allora perché non me lo spieghi, eh?" chiedo con tono severo.

Il suo sguardo si sposta dalla strada a me, freddo e valutatore.

Visto che non risponde, faccio la mia mossa e afferro la pistola che ha appoggiato sul portaoggetti tra noi. Gliela punto contro. Cerco di usare la mia voce più potente. "Accosta."

La sua espressione si fa scocciata, poi la sua mano scatta.

Non voglio mica… ma non ho tempo di pensare. Premo il grilletto. Grido per il mio stesso errore, coprendo con la voce il suono dello sparo.

No, aspetta. Non si è sentito nessuno sparo.

È un tranquillante. Il dardo colpisce il mio rapitore nel punto dove il braccio si unisce al petto.

"Cazzo, Layne" dice, e sterza bruscamente di lato, parcheggiando. All'inizio penso che abbia intenzione di smontare e uccidermi, ma poi si accascia sul volante, stramazzato.

Ringrazio Dio per la lungimiranza che ha dimostrato nell'accostare, in modo che non morissimo tutti e due. Mentre allungo il braccio e spengo il motore, mi viene da pensare che è un tipo intelligente. E capace. E così dannatamente sexy. E perché diavolo sto ammirando un pazzo che mi ha rapita e rubato i dati?

Infilo la mano nella tasca dei suoi jeans e tiro fuori la chiavetta. Nel cassetto portaoggetti trovo un cellulare. Lo prendo insieme alla chiavetta e smonto dall'auto. Non ho idea di dove siamo, se non nel Mezzo del Nulla, in California. Il laboratorio della Data-X è vicino ad Alpine, sulle Montagne Cuyamaca, nella Contea di San Diego. Il furgone è salito ancora più in altitudine, lungo una strada a una corsia.

Cammino per mezzo miglio al buio e mi fermo, senza fiato. Ho davvero bisogno di fare più esercizio.

Che scemenza. Prendo il furgone. Se la farà tutta a piedi lui.

Torno al furgone e apro la portiera dalla parte del guidatore. Mi sa che speravo che il mio rapitore cascasse giù di peso, in modo da accomodarmi tranquillamente al suo posto, ma non sono così fortunata. Gli afferro le braccia, appoggiate al volante, e tiro con forza.

Si sposta appena; le braccia pesano più o meno mezza tonnellata l'una. Mi fermo a recuperare le forze e i miei occhi cadono di nuovo sulle cicatrici.

Mi stava dicendo la verità? Che si è procurato queste cicatrici perché è da lui che hanno prelevato i campioni per i test della Data-X? Mi è difficile crederlo, ma dopo le pistole automatiche di oggi le cose si sono fatte sospette. Dovrò chiedere a Smyth delle spiegazioni, quando lo chiamerò.

Ma prima devo scappare dal Pazzoide.

Poso il piede sul pianale e tiro con tutte le mie forze. Il corpo rotola fuori dal furgone e mi cade addosso, schiacciandomi a terra a peso morto.

Rido isterica. È la seconda volta oggi che mi trovo sotto a questa massa di muscoli gonfi e sodi, e la cosa mi sta scatenando strani effetti sulla libido. Riesco a divincolarmi e a salire a bordo.

Dopo una lunghissima serie di manovre per fare inversione di marcia, imbocco la strada in discesa, cercando informazioni sul numero della Data-X, dato che non me lo sono memorizzato.

~.~

*Sam*

Caaazzo.

Mi sveglio con il mal di testa del secolo. Sono steso a faccia in giù per terra e…

*Layne!*

Mi tiro velocemente in piedi. Per quanto sono rimasto privo di conoscenza? Probabilmente minimo quarantacinque minuti, considerato il dosaggio che ho messo nei dardi tranquillanti. Dovevano servire a tenere a bada un mutante per un'ora circa, un umano per almeno sei.

Non c'è traccia del furgone, ma guardando i segni dei copertoni capisco che è tornata da dove siamo venuti.

Le mani mi volano alle tasche. Sì, ha preso la chiavetta.

Sfilo la maglietta dalla testa e calo jeans e boxer, impacchettando tutto in un fagotto da portare in bocca quando mi sarò tramutato. Il mio lupo viene in superficie e provo un lampo di panico quando prende il sopravvento.

È stato proprio su queste montagne che ho quasi perso per sempre la mia condizione umana. Se non fosse stato per Jackson, adesso non sarei nient'altro che un animale pericolo-sissimo.

Ma il mio lupo non sta pensando di farsi una scorrazzata per le montagne. Sta seguendo le tracce lasciate da Layne. E non gliene frega un cazzo neanche della chiavetta.

Mi arrendo al mio animale, scendendo a balzi dalla montagna, restando al riparo nella macchia, senza però mai perdere di vista la strada. Onestamente, non so come faccio a seguire Layne. Non ho il suo odore, ma c'è qualcosa che mi spinge avanti: l'immagine di lei nella mente, il ricordo dei suoi intelligenti occhi verdi – un abbinamento perfetto con quei capelli neri e lucidi.

Trovo il furgone giù ad Alpine, infilato in un parcheggio sul retro di un ristorantino. Lascio il fagotto di vestiti accanto al furgone e striscio avanti, nella macchia, l'istinto fuori controllo. Non riesco a capirne il motivo, fino a che non vedo un'auto fermarsi slittando davanti al ristorantino. Nera, senza segni distintivi… il genere di veicolo che userebbe la sicu-rezza della Data-X. Layne vola fuori dalla porta del ristorante come se quegli stronzi umani che stanno smontando dall'auto fossero la sua salvezza.

E guarda caso, uno dei malviventi la afferra e le preme una pistola alla tempia. "Dove sono i dati?"

Il suo sussulto roco mi fa tendere ogni nervo del corpo.

Forse sotto sembianze umane sarei stato più cauto, ma il mio lupo perde la testa. Mi lancio, ringhiando, e salto in cima all'auto. La sorpresa gioca a mio vantaggio, e Stronzo numero 1 abbassa la pistola dalla tempia di Layne. Colgo l'occasione al volo e gli salto addosso, stendendolo a terra. La pistola cade con un tonfo.

Affondo i denti nella carne. Non nella gola, purtroppo, ma solo sulla parte superiore del braccio.

Si sente risuonare uno sparo e qualcosa mi punge alla

scapola. Layne cerca di recuperare la pistola dall'asfalto. Io mi giro di scatto e mi lancio contro a Stronzo numero 2, che mi ha appena piantato una pallottola in corpo, fermandolo prima che possa spararle.

Questo le concede il tempo che le serve per svoltare l'angolo. Sento i suoi passi correre verso il furgone.

Incasso un altro colpo, stavolta alla spalla, prima di disarmare Stronzo numero 2. Qualcuno viene a guardare dal ristorantino e Stronzo numero 1 si sta rialzando, quindi corro verso l'altro lato dell'edificio per raggiungere Layne.

Ha appena aperto la portiera quando mi infilo dietro di lei, cercando di entrare. Lei grida e mi sbatte la portiera addosso. Quella rimbalza e si riapre, quindi lei mi sferra un calcio. Mi tramuto, tirandola su e infilandola nel mezzo mentre riprendo una forma a due gambe.

Il grido le muore tra le labbra, probabilmente perché ha smesso di respirare. La spingo sul sedile del passeggero, afferro i miei vestiti e salto su. Come una replica della scena di poche ore prima al laboratorio, lancio il furgone in retromarcia e poi parto sgommando dal parcheggio, come una camionetta dei pompieri chiamata per un allarme di livello cinque.

Mi appoggio il fagotto di vestiti sopra all'uccello, che purtroppo si è rizzato per l'alzabandiera grazie alla presenza di Layne.

"Cintura, Layne."

Alla fine la sento inspirare e le sue mani vanno automaticamente alla cintura. "S-stai sanguinando."

Mi guardo la spalla. "Va tutto bene." A dire il vero sono sorpreso dalla quantità di sangue che ancora sgorga. Le mie abilità di guarigione in quanto mutante avrebbero dovuto già espellere il proiettile.

"Ma *chi* sei?" mi chiede.

"Sam. Sam Smith." Tengo gli occhi costantemente puntati sullo specchietto retrovisore, ma non vedo traccia degli stronzi della Data-X. Non ci stanno seguendo. Forse hanno deciso che una lotta contro un lupo era più di quanto avessero previsto quando avevano accettato l'incarico.

"Intendo: *cosa* sei?" La voce è tremante, il viso pallido sotto alle lentiggini.

"Sono un mutante. Non avrai mica pensato che le cellule rigeneranti venissero da umani, vero?"

Il suono che le esce dalle labbra è in parte gemito in parte sbuffo. Non fa nulla per alleviare la mia dolorosa erezione.

Stringo le mani sul volante mentre risalgo il versante della montagna, in direzione della casa che ho messo in sicurezza prima di andare al laboratorio della Data-X. "Come hanno fatto a trovarci? Li hai chiamati?" Sono ancora per metà insultato e per metà impressionato che prima abbia usato la pistola tranquillante contro di me. A proposito... la prendo e la lancio sul sedile posteriore, fuori portata.

Lei estrae il mio cellulare ricaricabile, che deve avermi preso quando mi ha rubato il furgone, e fissa lo schermo nero. Le mani le tremano così tanto che il telefono le scivola e cade. Non fa per prenderlo.

È sotto shock.

"Layne?"

"Non sono venuti per salvarmi." La voce sembra lontana. "Volevano solo i dati."

Sono irritato dalla sua continua fede nella Data-X. "Ovvio, dolcezza. Non ne abbiamo già parlato? Pensano che stai con me. Tu sei una risorsa eliminabile. La ricerca no."

Mi rivolge uno sguardo scioccato; gli occhi si posano di nuovo sulla ferita, poi ancora sul mio viso. Il sangue continua a scorrere. Troppo sangue. Devono aver fatto qualcosa a quei proiettili, per ostacolare le mie capacità di rigenerazione delle cellule.

"Un mutante." Le sue parole sono ammantate di meraviglia. "Un lupo mannaro."

"Sì" ammetto. Non avevo programmato di mettermi in mostra e dirglielo, ma quel che è fatto è fatto. Capirò cosa fare con lei e la sua consapevolezza – vietata – della nostra specie, quando tutta questa storia sarà finita.

"Ecco perché lo spettro di luce attivava le cellule."

"Cosa intendi dire?" chiedo bruscamente.

"Ho usato uno spettro simile alla luce lunare, e le cellule si sono trasformate."

Non emetto nessun suono. Pensa che sia la bestia dei film, che non può fare a meno di trasformarsi quando c'è la luna piena. Come le pare. Non c'è bisogno di illuminarla, soprattutto se comunque dovrò farle cancellare la memoria da un ciuccia-sangue.

Imbocco una stradina sterrata quasi inesistente che serpeggia per un po' e termina davanti a una casa mobile.

Esco e mi infilo i vestiti, dando le spalle a Layne, in modo che non veda quanto ce l'ho duro per lei. Apro il portellone posteriore del furgone e tiro fuori i kit di pronto soccorso e del nastro adesivo. Se Layne intende continuare a scappare, dovrò immobilizzarla come un vero ostaggio.

Quando smonta dal furgone, le unisco i polsi dietro alla schiena e li lego tra loro con il nastro. "Scusami, dottoressa, ma non posso permettere che mi spari di nuovo o che scappi."

Lei lotta contro il nastro mentre la accompagno alla porta.

"Aspetta qui" le ordino, e la precedo all'interno. La semplice casa mobile è spoglia, con la sola eccezione della mia attrezzatura. Attraverso le stanze, controllando che sia vuota. Poi la invito a entrare.

Paranoico, sì. Lo sarebbero tutti, se facessero incubi come i miei.

"Cos'è questo posto?" Si guarda attorno osservando le stanze spoglie.

"Un posto sicuro." Cammina in cerchio al centro del salottino.

"Tieni." Apro una bottiglia d'acqua e gliela avvicino alle labbra.

La manda giù e un po' le va di traverso. Tossisce e qualche goccia le cola sul mento.

Sono consumato dal desiderio di leccare quelle gocce, di succhiare quel labbro imbronciato per sentirne il sapore.

Lei si scosta da me, accigliata, e mi volta le spalle.

Ignoro il disagio del mio lupo per averla offesa e controllo il telefono. Diversi messaggi. Devono essere tutti di Kylie. È l'unica in grado di rintracciarmi.

"Via dalle finestre" abbaio, vedendo Layne allontanarsi. È una cosa stupida da dire, perché il mio lupo sentirebbe chiunque in avvicinamento, e qui il silenzio è totale. Ma ho lo stesso un bisogno fastidioso di proteggerla, e il ricordo di quello stronzo che le teneva la pistola alla tempia è ancora troppo vivido.

Lei mi guarda torva e si lascia cadere sul divano. La lascio lì e vado ad accendere il computer, dove inserisco la chiavetta. Comincia subito il download dei dati, che si salvano in diverse copie nei miei server privati. Sono dibattuto se inviarne o meno una copia a Kylie. Lei mi aiuterebbe a passarli al setaccio, ma coinvolgerla vorrebbe dire mettere in pericolo sia lei sia Jackson. Non posso correre questo rischio. Soprattutto ora che c'è Jaylin, la loro nuova lupacchiotta. O gattina. Non lo sapremo fino alla pubertà.

Anche se forse la brava dottoressa Zhao qui sa decifrare i geni dei mutanti.

Il braccio mi si sta indolenzendo e lo massaggio distrattamente.

"P-penso che tu debba andare in ospedale o qualcosa del genere." Sta fissando la mia schiena.

Ruoto il collo e mi rendo conto che anche il retro della maglietta è zuppo di sangue.

Cazzo. Due proiettili.

Sbuffando vado in bagno, mi levo la maglietta ed esamino le ferite allo specchio. Una pallottola mi si è piantata in profondità nella spalla. L'altra sembra incastonata nella scapola. Nessuna delle due è da considerarsi grave: il sangue da mutante generalmente risolverebbe la cosa da solo, ma conoscendo la Data-X probabilmente i proiettili sono d'argento o di qualche merdoso materiale da laboratorio che impedisce la normale guarigione. Gli uomini di Smyth sono abituati a sottomettere i mutanti.

Un gemito mi fa girare. Layne sta sulla porta del bagno e sembra esterrefatta.

"Sto bene" le dico, anche se ora che sono consapevole delle pallottole le ferite mi fanno male. "Non è niente."

"Non è vero che non è niente" dice con la stessa passione con cui prima ha difeso la sua ricerca. "Ti hanno sparato. *Due volte*. Hai bisogno di cure mediche."

Quasi mi metto a ridere. "Niente ospedali, dolcezza."

Preme le labbra tra loro, e riconosco quello sguardo. La sua cocciutaggine sta per farsi sentire.

"Kit del pronto soccorso" dico, prima che attacchi con la filippica. La giro e le strappo il nastro che le lega i polsi. "Sul tavolino in salotto. Porta anche il nastro adesivo."

"Perché? Così puoi legarmi di nuovo?" Sbuffa, ma va dritta in salotto.

"Tecnicamente non è legare" le dico a voce alta dal bagno. Ma santo cielo, mi sono messo a flirtare? Magari è il mio modo da emerito coglione di conversare con l'adorabile scienziata.

Non avevo idea di essere capace di tali giochetti. La mia vita sessuale fino a questo punto è stata marcata da semplici abbordaggi all'Eclipse, il nightclub dove lavoro come barista. Lì non ho bisogno di conquistare le ragazze: hanno già di per sé una naturale attrazione nei confronti della mia posizione. Sì, stare dietro al bancone a versare drink mi rende speciale. Nel minuscolo microcosmo dei più popolari locali notturni, il tipo che controlla l'alcool ha il potere. Tanto quanto il quello che controlla la porta. Le ragazze battono le palpebre e mostrano il decolté, e io me le sbatto contro a un muro. O a casa loro. Non mi fermo mai per la notte. Non chiamo il giorno dopo. Fine della storia.

Non ho mai contemplato l'idea di una relazione, perché conosco la fredda e dura verità: sono danneggiato. In-accoppiabile.

La maggior parte dei giorni fatico a tenere a bada il buio. La mia formazione, se si può definirla tale – abbinata ai molteplici traumi dei test di laboratorio dopo la pubertà e alla pazzia della luna – mi ha reso, a dir poco, emotivamente distaccato. In parole più semplici: cazzutamente pazzo.

Layne torna con il kit del pronto soccorso e, incredibile, anche il nastro adesivo.

Obbediente. Forse ha pensato che mi servisse per qualcosa di diverso dai suoi polsi.

Alza gli occhi al cielo. "Legami, dai. A me non sembra per niente bene. Vedi, penso veramente che un kit del pronto soccorso non riuscirà…"

"In ospedale non ci vado. Gli uomini di Smyth potrebbero andare a cercarmi lì. Se ci trovano, vorranno finire il lavoro."

Chiude la bocca di scatto. La paura è tornata, ma apre la valigetta e si infila un paio di guanti. "Lascia fare a me."

"Sei un medico?"

"No." Sbuffa. "Ma ho fatto il corso propedeutico a medicina. Me la posso cavare."

Studio il suo volto mentre si concentra a ripulire il sangue dalla ferita sulla mia spalla. Accigliata per la concentrazione, è sempre adorabile, i lineamenti sorprendenti e aggraziati allo stesso tempo. La pelle di porcellana è liscia e perfetta, gli zigomi alti.

"Penso ci sia un proiettile qua dentro." Fa una smorfia.

"Lo so." Tengo la voce normale mentre il dolore si irradia lungo il braccio.

"Siediti." Solleva il mento indicando il water con un cenno del capo.

Scrollo le spalle e mi siedo sul coperchio. Quando piega il corpo per mettersi tra le mie ginocchia, reprimo un gemito. I seni sono all'altezza della mia bocca e implorano di essere morsi. Il suo odore mi pervade le narici e il mio lupo si arrampica in superficie.

*Giù, amico.*

Un lupo non dovrebbe desiderare di marchiare un'umana, ma il mio sembra pensare che Layne sia la mia compagna. Beh, non c'è da sorprendersi a scoprire che sono fottuto anche in un altro senso: incapace di individuare la differenza tra una compagna umana e una mutante. Sono stato un idiota a permettere al mio istinto animale di guidarmi, quando l'ho presa con me.

Ora è una distrazione dal mio vero scopo: eliminare Smyth.

Apre una confezione di strumenti chirurgici e abbassa la testa, mettendosi al lavoro. Sembra che mi stia scavando nella spalla. La sua coda di cavallo cade in avanti e mi fa il solletico alla guancia.

Cristo santo. Voglio buttarla giù e scoparla fino a domani.

"Oh, scusa." Nota la coda e la spinge indietro. "Ti sto facendo male? Mi sa di sì."

Mi torna alla mente un ricordo. L'oscurità mi pulsa attorno, mi si chiude addosso. Il laboratorio è buio, o forse è solo la mia vista a essere annebbiata. Sono legato a una sedia delle torture. *Test sulla soglia del dolore* è come li chiamano. Smyth che mi fa subire ogni forma di tortura immaginabile per misurare le mie reazioni, la mia rigenerazione.

Un ringhio mi sale dalla gola.

Layne grida e barcolla indietro. La prendo, cercando di afferrarla per la vita, ma arrivo invece a metterle le mani sul sedere.

"Va tutto bene" le assicuro tirandola tra le mie gambe, le mani ancora posate sulla morbida curva del suo fondoschiena. Toccarla mi permette di rischiarare l'oscurità. Il peso sul mio petto si alleggerisce.

"Cos'è stato? Ti ho fatto male?"

Il cervello ordina alla mano di spostarsi, ma ovviamente prima di sollevarla stringo. "Scusa!" dico velocemente alzando i palmi. "Non volevo palpeggiarti."

*Che bugiardo del cazzo.*

"Cos'è stato quel suono che hai fatto?"

Scuoto la testa, cercando di scacciare i rimasugli del ricordo. "Niente." Probabilmente ha già capito che sono un pazzo senza speranza, ma l'orgoglio del mio stupido lupo mi impedisce di ammettere quanto il mio lato umano sia a pezzi. "Sto bene. Non mi hai fatto male."

Preme le labbra tra loro, ma le mani le tremano quando torna a scavare nella spalla.

Non posso farne a meno: chiudo le dita attorno alla sua gamba, stringendole delicatamente la coscia. Il suo calore mi penetra nella pelle, sembra arrivarmi al sangue come una droga, calmando il lampo di pazzia, la bestia folle che c'è dentro di me, che fa il diavolo a quattro per essere liberata.

Mi scervello per pensare a qualcosa di semplice da dire, e finisco con il balbettare: "Sei sexy per essere una nerd." Ma porca puttana. Che idiota del cazzo.

"Wow, grazie" dice lei, sempre concentrata sul lavoro. "Se questa è la tua frase migliore, non mi sorprende che tu debba rapire le ragazze per convincerle a parlarti."

Mi irrigidisco, e non per il bruciore al braccio. Ha ragione a pensare che sono fuori di testa. Le crepe nella mia sanità mentale non si possono riparare. Diavolo, neanche so perché sono vivo, se non che il fato probabilmente ha voluto che arrivassi fino a questo punto in modo da mettere a tacere Smyth.

In un altro mondo, in un'altra vita, potrei essere tipo da portare fuori una ragazza per un appuntamento. Una persona normale.

La dottoressa Zhao sarebbe proprio il mio tipo: il genio sexy. *Layne*, mi dice il mio lupo.

"Quindi pensi che non ci sappia fare, eh?" *Taci, taci!* Le hai puntato contro una pistola, l'hai presa in ostaggio e hai minacciato di far saltare per aria il suo posto di lavoro. E adesso ci stai provando con lei?

Con mia sorpresa un sorriso le illumina il volto, che subito però torna ad assumere un'espressione seria e concentrata.

"Stai fermo." Una fitta e il sangue inizia a scorrere. "Ecco." Mi mostra la pallottola sporca di sangue e poi la lascia cadere nel lavandino. "La prossima volta portami dei fiori."

Scoppio a ridere. Layne si affaccenda a pulire e bendare la ferita. Potrei dirle che non ce n'è bisogno, che il potere di guarigione del mio essere mutante avrà la meglio ora che l'argento è uscito, ma mi piace sentirla così indaffarata attorno a me.

"Girati" mi ordina, e io cambio posizione sulla tazza del gabinetto, mettendomi a cavalcioni per offrirle la schiena.

"Questa non è tanto profonda ma…" Inspira tra i denti.

"Cosa c'è?"

"Penso che ti abbia rotto la scapola."

"Non ti preoccupare" dico con noncuranza. "Non appena l'argento sarà uscito, si rigenererà da sola."

Rimane immobile un momento. "Pallottole d'argento per uccidere un lupo mannaro? È una cosa vera?"

Non rispondo, perché non dovrebbe sapere niente della mia specie. Per distrarla chiedo: "Quanti anni hai?"

"Venticinque." Traffica sulla ferita e sento il metallo graffiare l'osso.

"Piuttosto giovane per essere un dottore."

"Ho iniziato il college a diciassette anni."

"Come hai fatto a entrarci così giovane?"

"Tutor." Fa cadere un altro proiettile insanguinato nel lavandino. "Fuori."

"Però…" Faccio il conto a mente. "Quattro anni per una laurea specialistica…"

"Due, a dire il vero. Sono risultata idonea a un sacco di lezioni propedeutiche. Ho seguito un percorso avanzato. Poi sono passata alla genetica e ho ottenuto un apprendistato di ricerca."

Fischio. "Quindi sei un genio."

Tampona l'area ferita con altro alcool e apre le bende. "No. Solo scaltra." Si leva i guanti e mi scruta, come prima la stavo scrutando io.

"Lascia perdere la fasciatura. Penso che farò una doccia." Ho ancora il sangue incrostato sul fianco e attorno alla cintura dei jeans. "Grazie per avermi tolto le pallottole."

"Prego. Direi *quando vuoi*, ma preferirei non farne un'abitudine."

"Capito."

Prendo il nastro adesivo e ne strappo un pezzo.

~.~

*Layne*

IMMAGINO di essere stata io la scema, a portare in bagno il nastro adesivo. Pensavo sul serio che gli servisse per chiudersi le ferite o qualcosa del genere.

Comunque mi offende da morire che sia convinto di dovermi legare le braccia dietro alla schiena. Appoggio le mani sui fianchi. "Ti ho appena tirato fuori due pallottole dal corpo. Hai veramente intenzione di…"

Mi afferra le mani e le preme contro al ripiano del bagno. Prima che le possa tirare via ci passa sopra un lungo pezzo di nastro adesivo, appicciandomele alla superficie in finto marmo.

"Non basterà a tenermi ferma."

O forse anche sì. Tiro senza alcun risultato, mentre lui ci attacca sopra un secondo e poi anche un terzo pezzo.

Borbotto. Ma perché non poteva limitarsi a legarmi i polsi dietro alla schiena come prima? Doveva proprio fissarmi *al lavandino*? "Questa posizione è decisamente umiliante" mi lamento. Sono piegata in avanti all'altezza della vita, di fronte allo specchio come un bambino messo in castigo nell'angolo.

Come se si fosse appena accorto della carica sessuale

della posizione, si porta immediatamente dietro di me e sento il calore del suo corpo slanciato premuto addosso. Il rigonfiamento del suo sesso mi sfiora il sedere e mi torna in mente l'erezione che ho visto prima, dopo che si è tramutato.

È normale? O era eccitato per la mia presenza? Un rossore mi sale dal collo e mi rendo conto di quanto vorrei pensare di piacergli.

Si piega in avanti e posa le mani sul ripiano, esterne alle mie, ingabbiandomi tra le sue braccia. Mi sfiora l'orecchio con le labbra. "Non lo so. Io la trovo abbastanza eccitante."

Oh Dio. Gli piaccio. L'eccitazione mi risale in mezzo alle gambe e sento un fremito su tutta la pelle.

Una delle sue mani mi stringe un fianco mentre si ritira indietro.

Sollevo gli occhi sullo specchio e mi si ferma il respiro in gola quando lo vedo sollevare l'altra mano e calarla di netto sul mio sedere.

"Ahi!" protesto.

"*Questa* è per avermi sparato." La sua voce è più profonda del solito. Mi schiaffeggia con la stessa forza anche l'altra natica. "E *questa* per essere scappata a chiamare la Data-X."

Un gemito mi esce di bocca, ma non per il dolore. È più perché sento le ginocchia deboli sotto di me e non sono sicura di riuscire a stare in piedi.

Mi massaggia con il palmo la carne e mi ritrovo a spingere contro alla mano, ruotando il bacino su e giù.

Il suo respiro accelera e la mano scende più in basso, sul retro della coscia e sotto la gonna del vestito.

Non mi sono mai sentita sexy. Mai. Ma in questo momento, udendo il roco respiro di Sam, vedendo la lussuria lampeggiargli negli occhi, mi sento una pin-up. O la star di un porno.

*Scienziata sexy punita e scopata di brutto da iracondo soggetto d'esperimento.*

Oh Dio, era meglio se *non* lo pensavo.

"Layne." Pronuncia il mio nome come un lamento. Come una scusa.

Mi chiedo per cosa si voglia scusare… cosa intende fare? O cosa si sta trattenendo dal fare? Perché vedo chiaramente che è combattuto. Colpa e inibizione lottano sotto alla superficie, mentre la sua mano sale su, sempre più su. Le sue dita sfiorano le mie labbra esterne, scatenandomi un'ondata di piacere in tutto il corpo.

"Dimmi di fermarmi, Layne" dice con voce roca.

Ma che problemi ho? Non voglio che si fermi. Incrocio il suo sguardo nello specchio e scuoto la testa.

Lui sgrana gli occhi scioccato e le dita mi si infilano sotto alle mutandine.

Sussulto sentendo il contatto più deciso; le dita mi strusciano sulla fessura. Non sono mai stata tanto bagnata.

"Non lo vuoi." È come se mi stesse implorando di fermarlo.

Sostengo il suo sguardo nello specchio e sollevo un ginocchio sul ripiano, appoggiandomelo accanto alla mano.

Il suono che esce dalla bocca di Sam è animale puro. Tira fuori le dita dalle mutandine e mi dà uno schiaffo in mezzo alle gambe.

La mia bocca disegna una *O* perfettamente tonda, di sorpresa. Non sapevo neanche che esistesse una cosa del genere.

"Cosa stai facendo, Layne?" Sam continua a parlare con voce roca, mentre solleva il bordo del vestito e mi tira giù le mutandine. "Non lo vuoi. Non con me." Mi assesta un'altra sculacciata sul sedere, forte.

Prima che possa rispondere, si è inginocchiato ai miei piedi e mi ha sollevato di nuovo una gamba sopra al ripiano, dopo aver sfilato del tutto le mutandine dalle caviglie. Inizia a leccarmi.

Ansimo per il puro piacere.

Ok, non sapevo neanche dell'esistenza di questa posizione. Cunnilingus da dietro? Mi preme le anche con fermezza contro al ripiano mentre mi riempie con decisi colpi di lingua.

Non riconosco il suono che mi esce di bocca: gutturale e bisognoso.

Un altro ceffone. La gamba che ho sul ripiano riesce a passargli sopra alla spalla; la ballerina che ho al piede vola per aria.

La lingua di Sam ruota e mi accarezza ripetutamente il clitoride.

Gemo, oscillo le anche su e giù sbattendogli contro al viso. "Ti prego" lo imploro.

Sam stacca la bocca dal mio sesso con uno schiocco e si alza in piedi. Sostituisce la lingua con le dita, spingendomi dentro, riempiendomi.

Gemo. "Ti prego."

Lui pompa con le dita, dentro e fuori, sbattendo le nocche contro alle mie pieghe, penetrando a fondo.

Mi prende il punto G e perdo il controllo. L'unica gamba che mi sostiene barcolla, ma non importa: Sam mi sorregge con una mano sul sedere mentre continua a scoparmi con le dita. Sbam-sbam-sbam. Continua mentre il mio orgasmo cresce e raggiunge l'apice.

I miei muscoli si stringono attorno alle sue dita, tutto il mio sesso si contrae. "Sam!" Annaspo. "Sam!"

"Brava così, dolcezza." La sua voce è così profonda e roca che stento a riconoscerla. "Di' sempre il mio nome quando vieni. Ci penserò per il resto della mia vita ogni volta che mi farò una sega."

Il mio cervello è seriamente offuscato dall'orgasmo, ma metto da parte le sue parole per esaminarle più tardi. C'è qualcosa di strano in quello che ha detto, ma posso cercare di capirlo dopo.

Quando mi calmo Sam leva le dita, sempre continuando a sorreggermi. La sua espressione è agonia pura. Vorrei offrirgli di ricambiare, ma lui si allontana, levandosi i jeans ed entrando nella doccia.

Sempre attaccata al ripiano del bagno con il nastro adesivo, non posso fare altro che guardare l'ombra della sua figura nello specchio, mentre si porta sotto al getto e lascia che l'acqua gli cada sulla testa.

Ha un'erezione enorme. Attraverso le tende della doccia intravedo il membro, rigido e dritto davanti a lui.

Porta una mano vicino al suosesso ma esita, le dita fremono. Come se avesse perso una battaglia, lo afferra e un brivido gli pervade il corpo. Sento un gemito soffocato. Lo specchio si sta appannando per il vapore e non voglio perdermi lo spettacolo.

Mi lecco le labbra. "È per me?" Dio santo, ho la voce roca.

Lui piega indietro la testa e ride mesto. "Credici, dolcezza."

"Perché non apri le tende per farmi guardare?"

Si immobilizza, l'uccello in mano, come se non potesse credere a ciò che gli ho appena suggerito. Poi la tenda si scosta.

Mi arriva uno spruzzo di acqua, ma non importa. Almeno riesco a vedere il corpo nudo di Sam in tutto il suo splendore. Bagnato. Potente. Vibrante di saldi muscoli.

Piega l'avambraccio appoggiandolo alla parete e vi posa

sopra la testa, mentre con l'altra mano si fa una sega. "Questo è *tutto* per te, Layne" dice con voce bassa. "Mi hai fatto perdere del tutto il controllo e non riesco a mettere in ordine i pensieri."

Anche se ho appena avuto un orgasmo, struscio con le anche contro al ripiano a cui sono attaccata, eccitata.

"Intendi… darmelo?"

Wow. Ho davvero detto una cosa del genere? Sono decisamente diventata porno-Layne. Ma è quello che voglio. Ora che so quanto è bravo con dita e bocca, muoio dalla voglia di scoprire come se la cava con il suo membro virile.

Ancora una volta interrompe la masturbazione, e quando ricomincia lo fa con un ritmo furioso. "Non posso" dice a denti stretti. "Lo vorrei, dolcezza." C'è una sfumatura di amarezza nella voce e non capisco. "Il massimo che posso fare è tenerti in vita fino a che Smyth non sarà morto e la sua ricerca chiusa per sempre."

Quelle parole ammazzano l'atmosfera. Probabilmente intenzionale, da parte sua. A quanto pare però non ha smussato il suo bisogno, perché i muscoli del trapezio sono tesi, le vene in rilievo mentre quasi abusa del suo sesso.

Un ringhio gli sale dalla gola, riecheggiando tra le pareti piastrellate. Chiude gli occhi, fa uno scatto con le anche e viene. Filamenti di sperma ricoprono le piastrelle davanti a lui, mescolandosi con l'acqua e scorrendo giù fino allo scolo.

Chiude il getto dell'acqua e rimane fermo lì, gocciolante, la testa china.

"Ti passerei un asciugamano ma, sai, sono legata al lavandino" dico con tono asciutto.

Lui ruota la testa per guardarmi e giuro di vedergli negli occhi una nota d'accusa. Come se fosse arrabbiato perché è attratto da me.

Una specie di sorriso gli curva le labbra mentre esce dalla

doccia, afferra un asciugamano bianco dal gancio e si asciuga.

"Ok, dottoressa."

Ah, quindi siamo tornati a *dottoressa* adesso.

Si tira su i jeans neri e ci infila l'uccello, anche se non chiude la cerniera né il bottone. Fisso nello specchio l'immagine del suo bellissimo corpo: i radi peli ricci e dorati sul petto, il sentiero felice che porta fino alla V della zip. C'è un tatuaggio a coprirgli uno dei pettorali, e vedo che anche quello nasconde delle cicatrici. Segni di bruciature.

Mi scivola accanto, ingabbiandomi un'altra volta tra le braccia. Con un colpo secco mi strappa via il nastro adesivo.

"Ahi!" grido, più forte del necessario. Sono arrabbiata nera con lui, ma non so bene perché. Forse perché si sta trattenendo con me.

Mi ruota e mi afferra le mani. Aggrotta la fronte in segno di concentrazione, strofinando la pelle irritata con i pollici. "Scusa." Si schiarisce la gola. "Non ho mai voluto farti del male, Layne. È solo che... è solo che non voglio che diventi un'altra vittima di Smyth."

Prima che possa rispondere, attacca la mia bocca con la sua, afferrandomi la nuca per tenermi ferma. La sua lingua mi ondeggia tra le labbra.

"Non possiamo farlo" dice, quando si separa da me.

Sbatto le palpebre. Eh? È stato *lui* a baciare *me*, non il contrario. Come se non potesse trattenersi, si lancia in un altro bacio appassionato, e stavolta dimentico le sue parole e mi arrendo. Mi tiene una mano tra i capelli e mi comanda con la bocca. Sento ancora indebolirsi le ginocchia.

"È una brutta idea" mormora. Le sue iridi diventano gialle, come quelle di un lupo. Mi bacia la mandibola, scende lungo il collo. Poi si stacca di colpo, come lottando con una parte di sé. "Non posso... stare con te."

"Va bene." Sembro molto più sulla difensiva di quanto vorrei, ma si sta davvero comportando da pazzo. Ovviamente è il suo *modus operandi*.

"Non mi è possibile avere una relazione." Mi tiene ancora una mano tra i capelli, le dita che si aprono e richiudono, sciogliendomi la coda di cavallo.

"Già, neanch'io. Non voglio niente del genere."

I suoi occhi tornano azzurri, e dentro ci vedo un mondo di dolore. Una pena che non riesco minimamente a comprendere. Non che comprenda molto di quest'uomo, in generale.

"Penso che sia ok se ci diamo un po' di piacere a vicenda, però, non credi?" Sono ancora dannatamente arrapata dopo lo spettacolino nella doccia e il round numero uno con bocca e dita. Nonostante i segnali contraddittori, desidero sentirmi toccata da lui. Sentirmi viva e bella e sexy nel modo unico che lui sa mostrarmi.

"Sì." Tira nuovamente la mia bocca verso la sua, baciandomi con forza, mentre l'altra mano mi solleva l'orlo del vestito.

In un lampo mi ha fatta sedere sul ripiano, il vestito sollevato fino alle ascelle, le coppe del reggiseno abbassate e le sue labbra che mi succhiano un capezzolo. Inarco la schiena donandomi a lui e gemendo.

"No." Scuote la testa, gli occhi di nuovo gialli. Mi stringe i seni con le mani, strofina i capezzoli turgidi con i pollici, ne prende uno in bocca. "Non posso, Layne…" Mi accarezza i fianchi nudi. "Ti farei del male." Mi tira giù dal ripiano e mi fa indietreggiare verso la porta, il suo corpo premuto contro al mio.

"Intendi che non puoi con un'umana?"

"Non posso con te" dice con voce roca, profonda come un ringhio.

Sbatto le palpebre e lo guardo, insicura se sentirmi ferita, offesa o entrambe le cose.

Allunga una mano dietro di me e apre la porta. "Ho avuto un sacco di umane, Layne. Ma nessuna mi ha mai fatto perdere il controllo come te. Il mio lupo… non ne ho un sufficiente controllo. Potrei ferirti, Layne. Gravemente. Forse anche in maniera letale. Non è sicuro." Mi spinge fuori dal bagno e chiude la porta a chiave.

Una risata isterica mi sale dalla gola.

Sento Sam imprecare dall'altra parte. Sembra che stia appoggiato alla porta. Poso una mano sul legno, come a percepirne il calore del corpo.

Giuro che lo percepisco.

"Vado a farmi un'altra doccia" dice. "*Fredda*. Per favore, non andartene e non chiamare nessuno."

"Non lo farò" gli prometto. E dico sul serio. Non capisco ancora del tutto Sam, ma di lui mi fido.

# CAPITOLO TRE

 *am*

CRISTO, mi manca tanto così dal marchiare Layne. Giuro che se finisco con il cazzo nei paraggi di quella femmina, la scopo fino a farle perdere i sensi e le pianto i denti dritti nel collo.

Brutta storia.

Non riuscivo letteralmente a levarle le mani di dosso, neanche quando il mio cervello cercava di farmi tirare indietro. Proprio come quando ho quasi perso la mia umanità: il mio lupo ha troppo potere su di me. Non posso permettergli di prendere il comando, o non sarò in grado di finire Smyth e la Data-X.

Non è solo questione di vendetta. Devo mettere fine a questa follia, in modo che nessun altro soffra. Cristo, l'unica mutante femmina del branco di Tucson è stata portata in Messico da rapitori in stretta connessione con il tizio che stamattina stava al laboratorio con Smyth: Santiago.

Imposto il getto sull'acqua fredda e rientro in doccia. Non serve a niente contro la mia erezione. Giuro che si vede salire il vapore quando l'acqua mi bagna l'uccello.

*Magari potremmo darci un po' di piacere a vicenda.*

L'ha davvero suggerito? Come cazzo sono riuscito ad avere una fortuna del genere. Decisamente non mi merito Layne Zhao, una donna intelligente con un futuro luminoso davanti a sé.

Quando ha detto di non poter avere una relazione, il mio lupo avrebbe voluto fare a pezzi i muri. Ma non credo ci sia un altro maschio, altrimenti non avrebbe suggerito di spassarcela.

Un ringhio mi sale dalla gola. Cazzo, la voglio.

Ma non posso. Nel momento in cui le infilassi dentro l'uccello, il mio lupo la marchierebbe. Lo so perché ho gli occhi che cambiano colore ogni volta che mi avvicino a lei. Mi si allungano i denti, preparandosi al morso dell'accoppiamento.

Perché cazzo il mio lupo dovrebbe volere un'umana?

È confuso. Probabilmente c'è in moto una qualche biologia sottesa. Sono prontissimo a morire per uccidere Smyth. Una parte istintiva di me vuole assicurarsi che mi riproduca prima che accada.

È l'unica spiegazione possibile.

Sono tentato di farmi un'altra sega per calmarmi, ma se peggiorasse solo le cose? Toccarmi durante la doccia prima non ha fatto niente contro la frenesia di accoppiamento.

Lascio stare l'uccello, se non per inondarlo di acqua fredda. Quando è definitivamente chiaro che l'acqua è inutile, la chiudo ed esco.

Mi asciugo, infilo i jeans ed esamino le ferite allo specchio. Sono quasi chiuse, la pelle si è cicatrizzata, le cellule si stanno rigenerando. La maglietta è troppo sporca di sangue per poterla rimettere, quindi esco a torso nudo.

L'odore di cibo mi colpisce le narici. Bene, Layne si è data da fare in cucina. Non c'è molto cibo fresco, ma ho riempito gli armadi di scatolette quando ho affittato questo posto, la scorsa settimana.

Entro in cucina e trovo Layne che mescola una pentola di zuppa di noodle al pollo della Campbell. Si gira e il suo sguardo si posa sul mio petto. Sbatte le palpebre.

Cielo, la chimica tra noi è alle stelle. Almeno so che anche lei prova desiderio per me.

Si schiarisce la gola. "Fame?"

"Sempre" rispondo, il che è vero. Da quando sono quasi morto di fame girovagando per le montagne sotto forma di lupo per tutto l'inverno, mangio ogni volta che ne ho l'opportunità. Peccato che sia ancora mingherlino per uno della mia specie.

"Vado, ehm, a cercare una maglietta e torno subito."

Perché, sì, se continua a guardarmi in quel modo dovrò fissarle le mani anche su questo ripiano e servirle il secondo round.

Quando torno, ha versato la zuppa in due piatti posati sul tavolino vicino alla finestra. Passo qualche secondo a guardare in ogni direzione fuori prima di riconoscere che siamo al sicuro e sedermi.

Prendo il piatto e mando giù la zuppa in tre sorsi.

Layne mi fissa come se avessi cinque mani e balza in piedi. "Ne vuoi ancora? Posso scaldare un'altra…"

"Per favore." La prendo per il polso e la fermo. "Non mi servire." Perché sa il cielo che se continua a comportarsi così, la farò sedere in grembo e le mostrerò quanto mi piace. "Sie- diti. Ho delle domande per te."

Un'espressione sospettosa le vela il volto. "Tipo?"

"Perché lavori alla Data-X?"

"Mi hanno offerto la migliore opportunità per proseguire con la mia ricerca."

"Che sarebbe?"

Distoglie lo sguardo. "Studio le malattie genetiche. Quello era il focus della ricerca post-dottorato. La Data-X mi ha offerto la possibilità di continuare il corso di studio. Hanno detto – affermato – che era utile a uno dei loro altri progetti, dove creano *super-cellule* auto-rigeneranti e resistenti alle malattie."

"E tu gli hai creduto?"

"All'inizio no. Ma poi ho visto che le super-cellule resistevano ai test. Smyth aveva ragione."

"Dimmi di lui."

"Non ne so molto. Mi ha assunta. Ero sorpresa che mi avessero messo a capo del progetto Omega, ma ha detto di aver seguito il mio lavoro e di sapere che ero sveglia. Che sarei stata perfetta per il progetto. Che avremmo aiutato un sacco di gente, inclusi…" Ha un sussulto nel respiro e abbassa lo sguardo, fissandosi le mani. "Sapeva cosa dire."

"Perché sei così motivata?"

"Mia mamma è morta di Barrington."

"Cos'è?"

"Una malattia rara. Un disordine immunitario dove il corpo attacca le sue stesse cellule. Non c'è nessuna cura." Fa un respiro profondo. "Non ancora."

Ecco perché è così dedita alla ricerca.

"Cosa mi sai dire di Santiago?"

"Il *señor* Inquietante?" Sospira, strofinandosi gli occhi. Dev'essere esausta. "È comparso solo oggi. Me l'ha presentato Smyth. Aveva un mucchio di guardie del corpo con sé. Voleva sapere che progressi avevo fatto. È tutto quello che so dirti. È tutto quello che so."

*Merda.* Non mi sta dando niente.

"Le cellule su cui stai lavorando... le super-cellule... dove le hai prese?"

"Da qualcosa che si chiama Programma Alfa. Smyth non vuole dirmi la vera fonte. Non vuole che la ricerca venga copiata."

"No, Layne." I suoi occhi scattano sui miei quando pronuncio il suo nome. "Non vuole che tu sappia come se le è procurate."

"Come se le è procurate?"

"Raccolta illegale. Prende prigioniere delle persone e le costringe a subire i suoi esperimenti. Ecco cos'è il Progetto Alfa."

Deglutisce. "L'ha fatto anche a te?"

Distolgo lo sguardo mentre una pulsazione di orrore mi avvolge.

*Sono in una gabbia di cemento e sbarre d'argento, un collare a strangolo attorno al collo, la catena attaccata al soffitto. Sono solo, senza quasi nessuna interazione umana da settimane. Ma quando Smyth appare con il suo camice bianco e la cartellina, solo la paura mi pervade. Il mio corpo si irrigidisce, preparandosi ad altro dolore. Ad altri test di resistenza. Ad altre ferite da taglio al petto, tizzoni ardenti su gambe e braccia.*

*Smyth stacca la catena dal soffitto e mi tira contro alle sbarre rivestite d'argento. Negli occhi gli luccica la rabbia. L'odio.*

"Sam?" La voce preoccupata di Layne giunge dall'altra parte dell'oceano. L'orribile pulsazione che vorrebbe isolare le sue parole svanisce non appena mi prende la mano.

Inspiro di scatto, scuoto la testa per rischiarare la vista.

Smyth. Perché mi odiava così tanto? È una domanda che allora non mi ero mai posto. Ora mi sembra improvvisamente un indizio importante, un dettaglio che finora mi sono perso.

"Stai bene, Sam?"

Mi passo una mano sul viso. "Devo fermarlo."

~.~

*Layne*

"COSA INTENDI FARE CON I DATI?" chiedo. Volevo usare una voce disinvolta e noncurante, ma so di aver miseramente fallito quando gli occhi commiserevoli di Sam mi si posano in volto.

"Layne" dice con gentilezza. "So che eri entusiasta delle tue scoperte…"

"Quella ricerca potrebbe salvare delle vite." Non riesco a trattenere il fervore dalla mia voce.

"Non puoi mostrare nulla al pubblico, dolcezza. Cosa pensi di dire alla comunità scientifica? Di aver usato cellule di *lupo mannaro*? Ti riderebbero dietro ovunque. E se poi accettassero pure la tua spiegazione, io non potrei mai permetterti di rivelare la nostra esistenza."

Resto a bocca aperta; la protesta che ho a fior di labbra muore lì non appena mi rendo conto che ha ragione. Senza altre cellule di mutanti, non potrò mai replicare i dati e non sarò mai in grado di spiegarli.

Le lacrime mi salgono agli occhi e mi alzo dal tavolo per nasconderle.

Anche Sam si alza in piedi e mi abbraccia da dietro. Non

mi cattura, come al laboratorio prima. Mi stringe e basta. "Mi spiace."

"*Ho bisogno* di questa ricerca." La mia voce si spezza.

"E io non posso permetterti di tenerla." La sua voce è sommessa, priva di emozione. È una semplice constatazione. Un dato di fatto. Mi sta portando via l'unica cosa su cui lavoro dalla morte di mia madre, dal giorno in cui ho saputo che morirò anch'io della stessa malattia.

Calde lacrime mi rigano le guance. Mi giro tra le sue braccia e lo colpisco al petto a mano aperta. "Cosa pensi di farci?" Ho la voce alta, più acuta del solito.

"La userò per trovare Smyth e poi la distruggerò, dopo aver distrutto lui." La risoluzione che ha in viso è letale, e non ho dubbi che sia capace di tenere fede alle promesse.

"No. *Non puoi*. Sono vicinissima a…"

"Non è vero. Non stavi lavorando con cellule umane. La ricerca è distorta."

La mia mente vortica, piena di pensieri. "Forse. O forse no. Ho bisogno di più tempo e di altri test."

Sam affloscia le spalle. "Layne…"

"Non distruggerla" lo imploro. "Ti prego. È molto importante."

Mi prende il viso tra le mani. "Troveremo una soluzione."

Scaccio le mani con un colpo. "Cosa vorrebbe dire?"

Si gira e si passa le dita tra i capelli biondi, spettinandoli tutti. "Un compromesso. Significa che troverò un compromesso con te, ok?" Sembra esausto.

Anche la mia combattività si esaurisce, e tutt'a un tratto sono stanchissima. È tardi, probabilmente è passata la mezzanotte, e ho avuto una giornata lunghissima. "Vado a farmi una doccia e poi mi metto a letto" mormoro.

Lui si volta e mi guarda con il suo sguardo intenso. "Sì.

Ok. Puoi prendere la camera. Io dormo qui." Agita una mano indicando il salottino.

Annuisco. La sconfitta mi pesa sulle spalle, anche se non sono sicura del perché. Sam ha accettato di trovare un compromesso. Era il meglio che potevo sperare, date le circostanze. È più come se stessi provando il peso sulle *sue* spalle, ma non ha senso. Devo ammettere di essere attratta dal giovane tormentato e desideroso di vendetta. Ma provare addirittura i suoi sentimenti è… impossibile.

Però c'è anche da dire che solo ieri avrei giurato che fosse impossibile anche tramutarsi da lupo a umano e viceversa.

Scaccio i pensieri e vado alla doccia. Quando chiudo l'acqua, trovo una maglietta pulita e un paio di boxer ordinatamente piegati sul ripiano del bagno. Sì, lo stesso dove Sam mi ha legata un'ora fa. Sapere che è entrato in bagno mentre mi lavavo non dovrebbe eccitarmi così tanto, ma lo fa. Come anche la premura che ha dimostrato pensando di lasciarmi dei vestiti puliti.

Mi infilo maglietta e boxer, sentendomi stranamente coccolata. Non lo sto facendo molto io stessa, ultimamente, quindi è una bella sensazione. Conosco Sam solo da un giorno, ma la nostra connessione si rafforza a ogni minuto che passa.

Quando esco dal bagno lo trovo davanti al portatile, intento a scorrere informazioni con rapidi movimenti delle dita.

"Ehm, grazie per i vestiti."

Si gira distrattamente ma poi fissa il suo sguardo su di me, soffermandosi sui miei seni. Senza reggiseno, i capezzoli sporgono attraverso la stoffa sottile della sua maglietta. Mentre mi fissa, si induriscono.

Si lascia scappare una risata strozzata. "Su di te è diversa."

Storco le labbra. Lo adoro quando dice cose strambe. Soprattutto quando so che ne sono io la causa. "Buonanotte, Sam."

Fa un cenno solenne con la testa. Faccio per allontanarmi, ma mi chiama. "Chiudi la porta a chiave."

Mi fermo. "Perché?"

"Per tenermi fuori." Il tono cupo è pregno di un oscuro avvertimento.

Rabbrividisco, sentendo l'eccitazione scorrermi in corpo.

*Ho avuto un sacco di umane, Layne. Ma nessuna mi ha mai fatto perdere il controllo come te.*

Non dovrei sentirmi così lusingata dal fatto che la mia vita sia in pericolo.

Eppure è così.

# CAPITOLO QUATTRO

*L*ayne

MI MUOVO NEL BUIO. Non sono sicura di cosa mi abbia svegliato di soprassalto. Qualche sorta di verso animale.

*Ecco.* Lo sento ancora. È un ringhio. Il ringhio di un *lupo.*

Ricordo immediatamente dove mi trovo e cos'è successo. Getto via le coperte e scendo dal letto, come se il mio corpo fosse proiettato in avanti da una forza invisibile.

Apro la porta prima di ricordarmi dell'avvertimento di Sam.

*Potrei farti del male, Layne.*

Non ci credo. Sì, vedo che sta vivendo una battaglia interiore, ma non posso credere che mi farebbe del male. Non mentre tenta con tanto ardore di mettermi in salvo e proteggermi.

Dal salotto immerso nell'oscurità proviene un ringhio

sommesso e continuo. Percorro a piedi scalzi lo stretto corridoio e mi fermo di colpo, il cuore quasi in gola.

Sam è addormentato sul divano, sempre che si possa definire *addormentato*. Ovviamente sta facendo un incubo. Digrigna i denti, i piedi scalciano come se stesse correndo.

"Sam?" Mi avvicino al divano e mi fermo accanto a lui.

Non mi sente, non si sveglia. Sposta la testa a scatti da una parte all'altra e tiene le dita strette in due pugni.

Gli poso una mano sul petto e ci riprovo: "Sam?"

"Mmm." Il respiro diventa più regolare. Copre la mia mano con la sua e fa un respiro profondo. Il petto si solleva e distende.

Soddisfatta di aver interrotto l'incubo di cui era vittima, ritraggo lentamente la mano, ma lui torna immediatamente irrequieto.

Mi prendo il labbro inferiore tra i denti, dibattuta. Che sia meglio svegliarlo?

Scalcia con una gamba e lancia un ringhio ultraterreno. La fronte è imperlata di sudore.

"Sam."

Allunga una mano di scatto verso di me e mi afferra un braccio. Mormora qualcosa che non capisco, le palpebre si muovono in rapidi scatti.

"Sam, stai sognando."

Emette un verso sofferente e mi trascina in avanti fino a farmi cadere sopra di lui; il mio corpo copre il suo, sul divano.

È attraversato da un fremito e poi resta immobile, il respiro nuovamente lento. Mi cinge con le braccia. Non è un uomo enorme, ma cavolo se è forte. Non riesco a muovermi più di mezzo centimetro in qualsiasi direzione. Cerco di dimenarmi, certa che il peso del mio corpo e i movimenti lo sveglieranno, ma non è così.

Appoggio la testa sul suo petto, non perché abbia intenzione di restare sopra di lui per il resto della notte, ma perché è troppo invitante per poter resistere.

Non appena gli infilo la testa sotto al mento, anche il mio corpo si rilassa completamente. Il suono del suo battito sotto all'orecchio mi calma come se fossi una neonata addormentata sul petto della mamma.

Sam mormora qualcos'altro, e penso di sentirgli pronunciare il mio nome ma non ne sono certa.

"Come hai detto?"

Nessuna risposta.

Mi dimeno ancora, mettendo alla prova la sua presa, ma sono ancora imprigionata dalla morsa d'acciaio delle sue braccia.

Va bene.

Mi appisolerò qui fino a che non allenterà la stretta. Di sicuro fra poco si sveglierà e si accorgerà di cosa sta succedendo.

~.~

*Sam*

EMERGO DALLA FOSSA *che mi sta inghiottendo, sotterrandomi vivo. Il buio si dirada, il sole risplende caldo. Corro in un prato, rincorrendo un altro animale. No, non è un animale. È una femmina. Layne.*

*Ride, i lunghi e lisci capelli neri che ondeggiano dietro di lei come un velo. Si gira per guardarmi, per assicurarsi che la stia seguendo. Rido anch'io, non più in sembianze di lupo. La afferro alla vita e la ruoto per aria lasciando che i caldi raggi del sole bacino entrambi. Cadiamo sul morbido manto erboso, ricoperto di fiori. Sono supino e lei è sopra di me. Allarga le gambe e mi si mette a cavalcioni.*

*La dolcezza, il calore e la gioia del momento deviano in un'altra direzione. Una molto più eccitante. Le sue labbra di ciliegia si dischiudono e Layne posa la bocca sulla mia.*

*Scatto con il bacino, sollevandolo verso il suo inguine. Le afferro il culo con entrambe le mani e le tiro le anche verso di me.*

*Lei emette un piccolo gemito che me lo fa diventare duro come la roccia. Faccio scattare i fianchi, mentre la struscio contro al turgido rigonfiamento del mio sesso intrappolato nei jeans.*

*Prima indossava un abito, ma ora si è trasformato in un paio di boxer. Ci ficco le mani per stringerle le natiche nude.*

*Un raggio di sole mi colpisce gli occhi e sbatto le palpebre.*

*E rimango impietrito.*

Non è un sogno.

Layne è davvero sopra di me, e io ho le mani infilate nei boxer che indossa. La luce filtra da una finestra della casa mobile.

Spinge contro al mio petto come se stesse tentando di levarmisi di dosso.

Sobbalzo sotto di lei. Come se fossi ancora nel sogno, dove il mio corpo non obbedirebbe mai ai comandi della mente. Sembra che non voglia lasciarla andare. In effetti le mani le stringono il sedere, strizzando quella carne morbida nel modo più autoritario possibile.

"*Sam.*"

Da quanto sta dicendo il mio nome?

La tengo prigioniera e spingo ancora verso l'alto, incapace di trattenermi.

Il fiato le si strozza in gola e – che il cielo mi aiuti – si struscia contro di me. Le sue guance sono arrossate dal sonno, i lunghi capelli le coprono parte del viso.

Si è messa a riposare qui? Come diavolo è successo?

"Cazzo, Layne" gemo. "Sto benissimo qui con te. Sto cercando di lasciarti andare, ma non ce la faccio." Un altro colpo. Sposto le dita più in basso, tra le sue gambe.

Dio santo. È già tutta bagnata per me. Cioè, *davvero* bagnata.

"Bellissima Layne. La mia scienziata sexy" dico canticchiando.

Lei spinge contro al mio petto, inarcando la schiena e portandosi a cavalcioni su di me. Ho una veduta meravigliosa ed eccitante dei suoi seni tondi sotto alla mia maglietta. Una tentazione tale che le leverei una mano dal sedere per toccarli.

Ma no. Non adesso che ce l'ho *proprio qui*. Spingo ancora con i fianchi. Il suo sesso umido ed eccitato struscia contro al mio uccello disperato.

E si sta strusciando anche lei. Non sono solo le mie mani a muoverla: è lei che ondeggia con le anche, strofinando il clitoride contro al rigonfiamento del mio sesso.

Non posso scoparla. *Non posso.*

Dovrò accontentarmi della seconda cosa migliore che posso fare. Assaggiarne il sapore. Il mio cervello confuso dal desiderio non riesce a capire come levarle i boxer tenendola al contempo sopra di me, e questo mi fa diventare matto. Le stringo la vita e la sollevo, avvicinandola al viso. Poi allargo l'apertura dei boxer lungo la cucitura in mezzo alle gambe.

Layne sussulta, ma non si ribella.

Lo vuole anche lei.

Questo mi eccita più di ogni cosa. Mi spinge a continuare. Sto morendo dalla voglia di darle piacere, di soddisfarla.

Il mio lupo *ha bisogno* di farla godere.

La lecco in mezzo alle gambe, aprendola. I suoi gemiti me lo fanno diventare tanto duro che sono certo si potrebbe spezzare. Layne mi si dimena sopra alla faccia mentre le lecco il clitoride. Le tengo ferme le anche mordicchiandole le grandi labbra, penetrandola con la lingua rigida.

Mi stringe la testa tra le cosce, il cui tremore non fa che dare maggiore slancio al mio bruciante desiderio. Le succhio il clitoride e lei grida, stringendo le cosce con più forza. Continuo a succhiare e lei continua a gridare, e gridare. A venire, e venire, e venire.

"Sam, Sam, ti prego!"

Alla fine la libero dalle frustate della lingua e la lascio cadere in avanti, dove si aggrappa al bracciolo del divano, esausta.

Qualcosa in me si spezza. Il controllo che stavo mantenendo dicendomi che darle piacere andava bene, che bastava non prenderla, si dissolve. In un lampo le sono sopra.

Siamo sul divano, poi sul pavimento. La tengo bloccata giù, con l'uccello sfoderato e pronto.

Lei mi guarda in viso e urla.

Non il roco grido di piacere a cui mi ha abituato, ma un suono di puro terrore.

Allunga le braccia verso di me, mi preme la base di entrambi i palmi contro alla gola.

La sorpresa caccia indietro il lupo che non mi ero reso conto di aver lasciato emergere in superficie. Mi getto di lato, liberando il corpo di Layne.

*Cazzo.*

Cazzo, cazzo, cazzo!

Ho perso il controllo. Deve aver visto le zanne e aver

pensato che intendevo ucciderla. Cosa in effetti possibile. Il mio lupo non vorrebbe mai e poi mai farle del male, ma il morso di accoppiamento potrebbe essere fatale per un'umana. *Cazzo, devo stare attento.*

Cerco di cacciare indietro il lupo, ma è già pazzo di desiderio. Mi tramuto invece del tutto, strappando i vestiti lungo le cuciture.

Fuori.

Fuori.

Devo uscire di qui prima di farle male.

Devo correre. Devo scappare.

Mi lancio verso la porta, ma non posso aprirla. Diversamente dalla casa di Jackson, dove vivo da dieci anni, non c'è uno sportellino per i cani qui. Corro in cerchio in mezzo alla stanza, le zampe anteriori che graffiano le pareti.

La finestra.

Salto mandando in frantumi il vetro, esco.

Corro a tutta birra, allontanandomi dalla casa mobile, risalendo la montagna, verso i boschi.

# CAPITOLO CINQUE

*L*ayne

*Ma che diavolo è successo!?*

Mi alzo lentamente dal pavimento. Le gambe tremano così forte che non sono sicura mi reggano.

Ci sono vetri dappertutto attorno alla finestra e sono a piedi scalzi, quindi indietreggio fino a sbattere con il sedere contro al divano, dove mi siedo.

Un minuto Sam mi stava dando piacere, e il secondo dopo ero sdraiata a terra.

No, aspetta. Non è stata quella la parte che mi ha disturbato. Quella era decisamente eccitantissima.

Ma poi i suoi occhi sono diventati gialli e gli ho visto le zanne. Stava facendo un ringhio orribile. Ho pensato di trovarmi in pericolo. Deve averlo pensato anche lui, altrimenti non sarebbe saltato fuori dalla finestra a quel modo.

Non so da quanto sono sul divano. Dopo un po' mi riscuoto e mi alzo in piedi.

Sam se n'è andato. Forse è un segno. Non che io creda nei segni: sono una scienziata. Però... adesso ho l'occasione di prendere la ricerca e scappare. Sam mi ha detto che avrebbe trovato un compromesso, ma io ne ho bisogno e non posso sperare che me la ceda di sua volontà.

Potrebbe essere troppo tardi per fermare la malattia che mi sta consumando, ma so che la ricerca potrebbe salvare altre vite. Ho solo bisogno di altro tempo per lavorarci. Ora che so da dove vengono le cellule, posso scoprire come applicarla agli esseri umani. *Funzionerà.*

Salto in piedi e corro alla postazione del computer, dove Sam teneva la chiavetta. Incredibile, ma l'ha lasciata qui. La prendo e cammino in punta di piedi tra i frammenti di vetro. Nella tasca dei jeans laceri di Sam trovo la chiave del furgone. Non ho tempo di vestirmi, quindi mi accontento di infilare i piedi nelle ballerine, prendere la borsa e sgusciare fuori così come sono: maglietta semi-trasparente e un paio di boxer da uomo strappati in mezzo alle gambe.

La disperazione.

Esco e corro al furgone, armeggiando con le chiavi. Quando salgo a bordo e metto in moto, già sento qualcosa di freddo e duro formarsi nello stomaco. Qualcosa di simile a timore, ma non c'è nessuna paura sotto. È senso di colpa.

Resto seduta dietro al volante, immobile per diversi secondi. Andarsene mi sembra sbagliato.

*Lasciare Sam* mi sembra sbagliato.

Ha bisogno di me.

No, non ha senso. Perché dovrei pensare che *Sam* ha bisogno di *me*. È stato lui a rapirmi, è stato lui a rubarmi la ricerca. È lui quello con la capacità di guarire da ferite da arma da fuoco nel giro di poche ore.

Com'è possibile che abbia bisogno di me?

Eppure lo so, ne sono assolutamente certa. E so anche che lasciarlo sarebbe come tradire quella tenue fiducia che sta iniziando a formarsi tra noi.

Ma poi vedo la chiavetta che ho appoggiato sul cruscotto.

*Pensa alla tua ricerca. Potrebbe salvare un sacco di vite.*

Inserisco la marcia e inizio a guidare. Percorro quindici metri lungo la strada sterrata quando un lampo di pelo nero si lancia addosso al furgone. Freno, ma non prima che quaranta chili di lupo si schiantino contro al parabrezza.

"*Sam*" grido. *Oh Dio, oh Dio, oh Dio. Ti prego, fa' che non sia ferito.* Per un momento dimentico che è improbabile. Afferro la maniglia della portiera.

Prima che possa aprirla, quella vola via dai suoi stessi cardini. Lì davanti a me c'è Sam, in totale e nudo splendore, col volto furente. "Dove stai andando, Layne?" Non gli manca neanche il fiato. Lancia un'occhiata al cruscotto e vede la chiavetta.

Allunghiamo la mano contemporaneamente per prenderla, ma lui è velocissimo. La sua si muove in un lampo. La stringe a pugno e le parti di plastica cadono a terra, frantumate.

"Sam…"

Mi tira giù da furgone, ma i miei piedi non arrivano a toccare il suolo perché mi trovo riversa sulla sua spalla.

"Sam!" Una risata mi gorgoglia in gola, ma sono abbastanza saggia da soffocarla. Stringo le braccia attorno alla sua vita per tenermi in equilibrio. Ho una meravigliosa veduta da prima fila dei suoi glutei che si tendono e contraggono mentre cammina. Il suo corpo muscoloso e ricoperto di cicatrici si muove con grazia totale. Non sono mai stata tipo da fissare gli uomini, ma sembra uscito da un calendario dei vigili del fuoco.

Mi riporta nella casa mobile e mi posa a terra vicino al

divano. Mezzo secondo dopo sono china sul bracciolo con le mutandine – cioè i boxer strappati – calate.

Mi schiaffeggia con forza il sedere.

"Ahi!"

Il palmo si appoggia sulla natica offesa e la stringe con voluta lentezza.

Qualcosa muta tra noi, nell'aria. La sua rabbia diventa qualcosa di oscuro. Pregno di desiderio. Io mi calmo. Conosco questo gioco. L'ha già fatto e ne ho *adorato* la conclusione. Ma cosa può evitare che il suo lupo emerga di nuovo per aggredirmi? Soprattutto se è arrabbiato...

Mi assesta un'altra sculacciata, ma non forte come la prima. Me ne arriva mezza dozzina: colpi decisi, alternati da una natica all'altra.

Mi bagno in mezzo alle gambe: tutto sotto la cintura viene stimolato da quel contatto punitivo.

Sam inspira profondamente dalle narici e la sua mano scivola davanti, sulla mia gola. Mi solleva il busto e affonda le dita dell'altra mano in mezzo alle mie gambe. "Qualcuno ha gradito la sculacciata." La sua voce è roca e sommessa. Mi sento cullata dalla promessa di sesso. Di soddisfazione. Quest'uomo sa suonare il mio corpo come un *maestro*.

E non posso negare la sua affermazione. La prova è lì tra le gambe, umida e scivolosa.

Un ringhio sommesso gli riverbera in gola, con una sfumatura di soddisfazione. Assomiglia più alle fusa di un gatto, se è possibile per i lupi fare le fusa.

"Hai un perfetto culo da sculacciate, Layne." Mi massaggia le natiche indolenzite, impasta la mia carne con mani rudi. "Nel mondo dei lupi, la normale reazione a una disobbedienza è il castigo." Un altro schiaffo.

"Beh, cos'avrei dovuto fare?" protesto, anche se non molto infervorata. "Te ne sei andato."

Mi dà altri tre schiaffi. "Stavo facendo del mio meglio per *proteggerti*. E tu te la sei filata."

Allungo una mano indietro per coprirmi il sedere. Lui mi blocca il polso dietro alla schiena e mi sculaccia di nuovo.

"Scusa, Sam." Mi sa che non sono nella posizione di continuare a protestare. Opto per la verità. "Ho avuto paura."

Lui mi tira subito su e mi gira. Mi prende il volto tra le mani. "Layne. Dolcezza. Non voglio che tu abbia mai paura di me. *Mai.*" L'ultima parola è un ringhio. "Scusa." Ha il volto segnato dal dolore, gli occhi grigi di nuovo perseguitati e vecchi. Appoggia la fronte alla mia. Sono intensamente consapevole del suo corpo nudo così vicino al mio, della punta del suo sesso rigido che mi sfiora in mezzo alle gambe. Abbasso lo sguardo e lui mi tira su frettolosamente i boxer.

"Terrò il cazzo lontano da te. Non so come sia successo. E perché eri con me sul divano? Non ti avevo detto di chiuderti a chiave in camera?"

"Stavi facendo un incubo."

Chiude gli occhi. "Mi capita ogni minuto di ogni singola notte." La voce ha un tono sconfitto. "E se mi svegliassi durante uno degli incubi, sarei *particolarmente* pericoloso."

Scuoto la testa, cocciuta. Io ho calmato l'incubo. Lo so.

La sua fronte si appoggia di nuovo alla mia. "Sei stata molto dolce a preoccuparti per me." Le nostre labbra sono vicinissime. Voglio che mi baci di nuovo, come ieri sera. Sono confusa e stressata, e l'unica cosa che sembra avere senso è come mi sento quando mi tocca. "Vuoi che porti a termine la sculacciata?" mormora vicino alle mie labbra.

"E se perdi il controllo?" Devo chiederglielo. Per forza.

Mi gira lentamente. "Non succederà. Promesso."

"Come fai a esserne sicuro?" sussurro. C'è un lungo silenzio, e mi spiace averglielo chiesto. Voglio la sculacciata. Voglio il dopo.

"Perdere il controllo significa perdere te." La voce è forzata. "Il mio lupo ti ha vista mentre tentavi di scappare. Non rischierà di nuovo."

Non sono sicura che la sua ipotesi sia inoppugnabile, ma per il momento sono disposta ad accettarla.

Mi massaggia il sedere attraverso i boxer. "Dimmi cosa vuoi, dolcezza."

Sono contenta di essere voltata dall'altra parte e non vederlo in faccia, perché ho le guance in fiamme. "Lo sai…" borbotto.

"Davvero?" Di nuovo sento le fusa nella voce. "Altre sculacciate. Ti piace anche essere immobilizzata, vero?" Mi blocca entrambi i polsi dietro alla schiena con una mano.

Sento un fremito in mezzo alle gambe. Sì. Decisamente, mi piace essere immobilizzata.

Mi tira giù i boxer un'altra volta. "Se fossi la mia compagna, ti sculaccerei ogni sera." Mi colpisce con forza il sedere, poi massaggia la natica per alleviare il dolore.

"Perché?" protesto. È ridicolo, ma sono meno offesa dalla punizione fisica che dall'idea che ne abbia bisogno. Sono una brava ragazza, dopotutto. Ho recitato la parte della brava ragazza per tutta la vita. Da ragazzina ho avuto una madre malata, e ho compensato lavorando sodo, studiando sodo.

Poi mi sono ammalata pure io.

Quindi no, non ho mai avuto il tempo di fare la *disobbediente*.

"Perché hai un culo *sculacciabilissimo*."

*Ah.* Quest'idea mi piace molto più di quella per cui dovrei meritarmelo. Mi sculaccia di nuovo e dalle labbra mi esce un piccolo sbuffo: mezza risata e mezzo gemito.

"Se fossi la mia compagna, ti legherei a gambe e braccia larghe sul letto e ti farei venire e venire, fino a farti implorare perché mi fermi."

Il brivido che mi scorre dentro ha proporzioni *tsunamiche*. Che poi, esiste come parola? Sento contrarsi il sesso, le natiche si stringono.

Sam ride e mi dà due rapidi schiaffi. Mi abbassa il busto, in modo da farmi sollevare le anche, e mi penetra con le dita.

Scalcio, improvvisamente bramosa di averne di più.

Lui pompa con le dita dentro e fuori.

"Ti prego" lo imploro.

Ruota le dita, le fa scendere dentro di me e – *oh Dio santo* – arriva a toccare di nuovo il punto G.

Lancio un piccolo grido, l'elettricità pura che mi scorre nelle vene. Allungo di scatto le gambe dietro di me. Sam spinge le dita dentro e fuori, colpendo il punto magico ogni cazzo di singola volta, cazzo.

Dalla bocca mi esce ogni genere di folle suono, come se fossi io l'animale e non lui.

"T-ti prego. Ti prego!"

Incunea il pollice tra le mie natiche e io mi dimeno, imbarazzata. Ma lui mi tiene ferma. Trova l'ano e preme delicatamente, sempre continuando a muovere le dita dentro e fuori. "Vieni per me, Layne. Dai. Lasciati andare."

Grido contro ai cuscini del divano e lui spinge dentro fino ad arrivare a struisciare contro al clitoride con le nocche. Contraggo i muscoli attorno alle sue dita, i piedi che scalciano in aria mentre vengo, e vengo, e vengo.

E vengo ancora un pochino.

Assurdo che enormità di orgasmo sia capace di scatenarmi dentro usando solo le dita. Non mi sembra possibile.

Crollo, tremando, debole. Completamente esausta.

Sam sfila le dita dal mio sesso e mi bacia il sedere. Mi solleva e mi ruota. Mi tiro su i boxer prima che mi sollevi per sedermi sul bracciolo del divano. "Resta qui" mi ordina. "Raccolgo i vetri."

Salto su. "Devo andare in bagno."

Le sue labbra hanno uno scatto. Mi solleva e mi prende in braccio, come una bambina, portandomi oltre i vetri rotti. Faccio per protestare, ma poi ricordo quanto velocemente si rigenera.

Mi rimette a terra in bagno, il luogo della nostra prima scappatella.

Mi tremano le dita mentre chiudo la porta.

Non so cosa diavolo mi stia succedendo. Avevo detto a me stessa che sarebbe stato solo un piccolo piacere. Una cosa che in genere mi procuro da sola. Ma so che è una bugia. Mi sto innamorando di Sam. Un lupo mannaro. Un mutante. Uno che non posso avere.

Neanche se stessi morendo.

~.~

*Sam*

RIESCO A INFILARE il cazzo dolorante dentro a un paio di jeans e a mettermi su una maglietta. Devo trovare dei vestiti anche per Layne.

Quello che le ho detto è vero.

Il mio lupo si è spaventato quando l'ha vista scappare. E poi si è rintanato del tutto.

Ma struscio comunque i piedi nudi contro ai frammenti di vetro mentre pulisco. Voglio sentire il dolore procurato da quei piccoli tagli. Me lo merito.

Non posso credere di aver quasi marchiato Layne. Di

averla spaventata a morte. Non se lo merita. Non si merita neanche un grammo della pesantissima dose di follia che mi sta addosso, appena un pelo sotto alla superficie. Non posso portare una cosa del genere nella sua vita.

Ma non posso neanche dire che se la sarebbe cavata meglio senza di me. Se non avessi trovato la Data-X, sarebbe stata solo questione di tempo prima che iniziassero a fare esperimenti su di lei o la uccidessero.

So come lavora Smyth.

Il cellulare ricaricabile suona e guardo lo schermo. Kylie, la compagna di Jackson.

Rispondo. "Sì, sono ancora vivo."

"Beh, avresti dovuto farmelo sapere prima. Meme era preoccupata, e anche io. Verrei in California a cercarti, se non avessi un *neonato* di cui prendermi cura. Che cazzo significa, eh?"

Non ero contento quando Jackson si era interessato a un'umana. Non perché disturbasse la mia graziosa vita domestica, approfittandosi di Jackson il multi-milionario, il mio alfa e mio unico amico. No. Solo perché avevo paura che ne venissero fuori dei guai, e umani e mutanti non dovrebbero mescolarsi.

Ma alla fine è saltato fuori che aveva sangue mutante anche lei, e quando è rimasta incinta del cucciolo di Jackson la gravidanza le ha fornito quello di cui il suo corpo aveva bisogno per capire come tramutarsi.

Scommetto che a Smyth piacerebbe un sacco studiare il fenomeno.

Laurie, uno degli altri prigionieri del laboratorio, aveva una teoria su Smyth. Che fosse difettoso – un mutante che non può tramutarsi – e che fosse quella la causa della sua ossessione nei confronti della ricerca.

"Ho trovato un altro laboratorio. Il laboratorio dei dati,

stavolta." Kylie mi ha aiutato ad arrivare alla struttura degli esperimenti qualche mese fa, nello Utah. Struttura che ho fatto saltare per aria dopo averla perquisita.

"È per questo che sei lì? L'hai distrutto?"

"Non ancora." Mi sono già pentito del patto stretto con Layne, ma è un problema risolvibile. "Ho rubato i dati e ho ripulito i server. Ah, e ho preso con me una scienziata." Tanto prima o poi l'avrebbe scoperto da sola. Kylie è un'esperta di sicurezza delle informazioni, e se si sforzasse di fare delle ricerche su di me troverebbe immediatamente il collegamento con una scienziata scomparsa.

"*Sam*."

Scrollo le spalle, anche se so che non può vedermi.

"Aspetta. Hai detto scienziata? Donna?"

"Che importanza ha?"

"Voi lupi avete una certa predisposizione a tenere prigioniere le femmine prima di renderle vostre compagne."

"Non è un lupo" mormoro, mentre la parola *compagna* mi rimbalza nella testa come la pallina di un flipper. Ma Kylie ha ragione. Se Layne fosse un lupo, l'avrei marchiata per sempre come mia dodici ore fa. Ma questo è solo un altro segno di quanto il mio lupo sia danneggiato. Perché avrebbe dovuto scegliere un'umana? E nientemeno che un'umana della Data-X, poi. Le torture subite durante la pubertà probabilmente mi hanno dato un imprinting sbagliato.

"Non sono un lupo neanche io" mi ricorda Kylie.

"Intendo dire che non è una mutante" dico, ma ricordo che anche il capobranco di Tucson, Garret, ha rapito un'umana per poi renderla sua compagna. "L'accoppiamento con lei non è una possibilità. Poco ma sicuro." Più drastico di quanto vorrei, ma solo perché l'idea che Layne non possa essere la mia compagna mi fa davvero incazzare. "Senti, potrei avere bisogno di un piccolo aiuto. Ho trovato dei file su altri mutanti su cui sono stati eseguiti degli esperimenti. Puoi aiutarmi a localizzarli?"

"Certo. Mandami le informazioni."

"Ho caricato i dati sul server CG. Sto cercando una traccia qualsiasi che possa portarmi da Smyth. Ah, Kylie... due cose. Primo: penso che sia coinvolto il governo. Smyth è stato un medico dell'esercito. Ho trovato delle foto che lo ritraggono con il mutante leone liberato da Tank dalla struttura dello Utah, entrambi in uniforme. Spiegherebbe il finanziamento e l'alto livello di sicurezza. Secondo: c'era Santiago. Dillo a Garret. Sarà contento di saperlo."

Santiago è il mutante responsabile del rapimento della sorella di Garrett. Il nostro branco e quello di suo cognato in Messico gli stanno dando la caccia.

"Ok. A dopo. La prossima volta rispondi ai messaggi, ok?"

"Ci proverò" mormoro, e riaggancio.

Anche se i sensi mi hanno già detto che Layne è entrata nella stanza, quando mi giro resto immobile, pietrificato davanti a tanta bellezza. Capelli corvini e pelle candida e liscia. È più deliziosa di ogni immagine di Biancaneve che abbia mai visto. Si è rimessa il vestito di ieri. Il ricordo di come ieri gliel'ho sollevato fino a scoprirle i seni, vedendo per la prima volta la sua morbida carne, mi gonfia ancora di più l'erezione da record che già ho nei pantaloni.

Si schiarisce la gola. "Chi era?"

Sono confuso dalla strana angolazione delle sue spalle, dal modo in cui sembra che stia trattenendo il fiato. E poi capisco. Ha sentito la voce di una donna.

È *gelosa*.

Non dovrei essere così entusiasta della scoperta, ma lo sono. Divento più alto di venti centimetri e mi si gonfia il petto.

"La compagna di Jackson, il mio fratello di branco."

Le si rilassano le spalle e la testa si piega di lato. "Questo non la rende la tua sorella di branco?"

Scrollo le spalle. "Può darsi, solo che non è un lupo. È una pantera."

Layne assimila l'informazione. "Dove vivono?"

Esito solo un secondo. Non ho niente da nascondere a Layne, non è una nemica. "Tucson."

"È da lì che vieni?"

"Io vengo da una provetta di laboratorio." Non trattengo l'amarezza dalla voce. "Jackson mi ha trovato su una montagna dopo che ero fuggito dal laboratorio di Smyth e mi ha preso con sé. Quando si è trasferito a Tucson, io sono andato con lui." Ero uno stronzo traumatizzato e pericoloso, ma neanche Jackson è uno zuccherino. Abbiamo formato una riluttante alleanza. Fondamentalmente mi lascia stare, mi permette di vivere sulle sue spalle, e io ho promesso di restare. Quando diventavo irritabile e la bestia aveva la meglio su di me, scappavo. Ogni volta lui è venuto a cercarmi e mi ha costretto a riprendere sembianze umane. Mi ha ritra-scinato a casa sua. Dopo un po' abbiamo imparato a fidarci l'uno dell'altro. A coprirci le spalle.

Layne annuisce. "Sam?"

Cazzo, c'è vulnerabilità nel modo in cui mi guarda da sotto le ciglia, e il mio lupo è subito in piedi, pronto a difen-derla fino alla morte. "Sì, dottoressa?"

"Devo andare al mio appartamento."

Scuoto la testa. "Non se ne parla. Ti andranno a cercare lì." Cerco di capire di cosa abbia bisogno. "Possiamo fermarci da qualche parte e comprarti da vestire e uno spaz-zolino. Tutto quello che ti serve."

Si morde il labbro inferiore, facendomi desiderare che

siano i denti miei a stringersi attorno a quella carne succosa. "Devo andare al mio appartamento" ripete.

Mi acciglio e mi avvicino, sollevandole il mento con una mano. "Dimmi perché."

Il suo battito accelera quando le sono vicino, il petto si alza e riabbassa. "Io, ehm, devo prendere una ricetta… per la pillola."

Inclino la testa di lato, sentendo odore di bugia. Perché sta mentendo? Non fingo chissà che esperienza con le femmine, ma pensavo di aver capito Layne. "Mi spiace, ma non penso valga la pena rischiare la vita per questo. Che dici?"

Lei espira, ma scuote la testa. Sto quasi per chiederle quale sia il vero motivo. Dopo quello che abbiamo passato, pensavo avessimo già superato la diffidenza.

Ma in fin dei conti cosa ne so io di relazioni?

Proprio un bel niente.

E sarà meglio che la smetta di fingere che possiamo stare insieme. Non succederà. Lei ha un futuro luminoso davanti a sé.

A me non resta nient'altro che la vendetta.

~.~

*Layne*

MI TREMA UN PO' la mano e la stringo. Sam è seduto al tavolo e sta lavorando al computer, ma mi giro in modo che non se ne accorga. Nascondo i sintomi, proprio come faceva mia madre.

Quella di Barrington è una malattia a lento avanzamento, ed è facile non accorgersi dei primi segni, a meno che non si sappia cosa cercare. Come per esempio quando si è costretti a vedere un proprio caro che ti muore lentamente davanti agli occhi. Mia madre non conosceva i sintomi, fino a che non ha avuto un figlio. Altrimenti avrebbe potuto fare una ricerca e decidere di non avermi. Per evitare di lasciare orfana di madre la figlia.

Ho bisogno delle medicine. Perché non l'ho detto a Sam e basta?

Perché non voglio che tutto questo finisca. Questa *cosa* che c'è tra Sam e me. Non posso avere una relazione. Non ho intenzione di fare a lui quello che mia madre ha fatto a mio padre. Ma ora che ho avuto un assaggio, sono abbastanza egoista da volerne avere ancora un po'.

Non è troppo chiedere di fare del buon sesso prima di morire, no?

Vado verso il cucinino, facendo il giro del tavolo. Sam non muove un muscolo, il volto perfetto illuminato dallo schermo. È davvero bellissimo per essere un uomo. Una struttura facciale quasi perfetta. E il corpo muscoloso… impeccabile. Cicatrici a parte.

Per una volta in vita mia, ho qualcosa di diverso dalla ricerca a cui dedicarmi. Non sono vergine: non che abbia veramente frequentato qualcuno al liceo e al college, ma ho fatto quello che basta per spuntare la voce 'sesso' dalla lista di cose da fare prima di morire. Ma non ho mai provato niente di simile a quello che sento con Sam. Forse non dovrei sentirmi così nei confronti di qualcuno che ho appena conosciuto, ma voglio vedere dove questa cosa andrà a finire. Solo un altro po', e poi mi fermo. Gli dirò della Barrington. Lui ha già detto forte e chiaro che non può avere una relazione con me, quindi niente danno per nessuno dei due.

Le immagini scorrono sullo schermo del computer di Sam.

"Cosa stai guardando?" chiedo, incapace di trattenermi.

Mette in pausa il video ma non mi guarda. "Filmati degli esperimenti alla Data-X. Il Progetto Alfa." Non ho mai sentito una voce così vuota ma allo stesso tempo così carica di dolore.

Deglutisco. "Posso vedere?"

Si alza in piedi e mi lascia il posto. Il fotogramma mostra l'inquadratura di una stanza con una figura offuscata al centro. Mi aggrappo al bordo della sedia, preparandomi prima che prema *Play*.

C'è un uomo in piedi, rigido, in un piccolo spazio, scalzo e a petto nudo. Dall'angolazione della videocamera, si vedono tre angoli della stanza. Una branda e poi muri e pavimento spogli.

È una cella, e l'uomo all'interno un prigioniero. Dal modo in cui sta dritto e fermo, sembra un soldato pronto a scattare sull'attenti.

"Chi è?" chiedo.

"Brian Nash Armstrong. Detto *Nash*. Mutante leone" mormora Sam.

La porta si apre, le spalle dell'uomo si irrigidiscono ma non si muove. Tre uomini vestiti di nero entrano nella stanzina con le armi puntate contro l'uomo mezzo nudo. Ne appaiono altri due che tengono tra loro una donna con indosso una specie di veste bianca.

Inspiro mentre le due guardie spingono avanti la donna, tirandole via di dosso allo stesso tempo la veste, niente più che un semplice lenzuolo. Nuda, la donna inciampa e finisce addosso all'uomo, che le serra le braccia attorno, sostenendola e stringendola a sé. I suoi folti capelli fulvi le coprono il viso mentre lei lo preme contro al petto spoglio di Nash. Lui si gira un poco, schermandola dagli uomini vestiti di nero. La sua bocca si muove, dicendo qualcosa un secondo prima che gli uomini si ritirino chiudendo la porta e lasciando la donna da sola con lui.

Sam allunga un braccio da dietro di me per fermare il video.

"Cos'era?" Mi trema la voce.

"Quello era uno dei rami del progetto Alfa. Il programma di accoppiamento." Clicca sul computer e recupera un altro video. Lo stesso uomo, Nash, legato a un tavolo e con cavi attaccati a diverse parti del corpo. Sembra più magro, il volto pallido e scavato. "Ecco l'altro ramo."

Le parole 'Test di resistenza 173' appaiono sullo schermo, per scomparire un secondo prima che il corpo di Nash si irrigidisca, scosso da tremori alle gambe mentre qualcosa che non viene inquadrato gli trasmette una qualche forma di corrente elettrica. Gli artigli gli escono dalle nocche, le convulsioni gli scuotono il corpo e le labbra si piegano in un grido silenzioso.

"Oh mio Dio." Mi giro. Subito Sam spegne il video e si china a prendermi in braccio. Mi accoccolo contro di lui, molto simile alla poverina che stava aggrappata a Nash nella cella di un laboratorio della Data-X

Le celle del progetto Alfa. Gente torturata e costretta a riprodursi. Cos'ho fatto?

"Non sei stata tu, Layne" dice Sam, e mi rendo conto di aver parlato a voce alta. "Non potevi sapere. Non è stata colpa tua."

Spingo le mani sotto alla sua maglietta, alla ricerca del caldo conforto della sua carne. Traccio con le dita i percorsi delle sue cicatrici. Lui resta fermo, permettendomi di toccarlo.

"Ti hanno fatto del male" piagnucolo.

"Ssh" dice per calmarmi. "Va tutto bene. È stato tanto tempo fa." Mi fa scivolare un braccio attorno alla vita. "Stai tremando." La voce di Sam è scioccata.

*Merda.* Non è solo per il video di torture che ho visto. È la Barrington.

"È solo che... ho fame. C'è niente da queste parti per colazione?"

Sam impreca sommessamente e mi lascia, andando verso la credenza. Guardando le scatolette, impreca di nuovo.

"Non importa." Non so perché sento il bisogno di calmarlo, ma sembra contrariato perché non ha una colazione da offrirmi. "Comunque non mangio mai tanto per colazione. Giusto una barretta di cereali o un frutto."

Ruota sul posto, incredulo. "Ti stavi ammazzando con quella ricerca."

Mi ritraggo, ferita dall'accusa.

Il dolore gli adombra gli occhi, poi impreca un'altra volta e batte il pugno sul ripiano della cucina. "Andiamo." Viene verso di me e mi prende per mano.

Mi divincolo. "No, sto bene così. Non capisco perché ti stai agitando tanto."

Si ferma e si gira. Il suo viso giovane, segnato da qualche ruga prematura, mostra rammarico. "Sono solo incazzato con me stesso per essermi dimenticato delle tue necessità. E sono incazzato con la Data-X perché ti ha succhiato via la vita. Per favore. Lascia che ti procuri una colazione. Questo almeno te lo devo."

Dannazione a lui, così capace di trasformare il suo conflitto interiore in qualcosa di affascinante. Scuoto la testa, ma un sorriso mi curva le labbra. "Tu sei matto."

Inarca le sopracciglia di scatto. "Su questo non c'è dubbio, dolcezza." Allunga la mano: stavolta non per afferrare la mia, ma per offrirmi la sua.

Accetto. "Va bene."

Il suo sorriso è una ricompensa sorprendente. Prende il telefono e le chiavi del furgone e le chiavi del furgone e mi accompagna fuori.

Inspiro il profumo di pino e aria fresca di montagna mentre chiude a chiave la casa mobile. È delizioso: fresco e rinvigorente. Quand'è stata l'ultima volta che ho prestato attenzione alla natura che mi circonda? Non me lo ricordo neppure. Forse prima che mia madre morisse.

Montiamo sul furgone e Sam ci porta giù dalla montagna, fino a San Diego. Finiamo in centro, dove parcheggia e smontiamo. Mi porta in un piccolo supermercato e compra spazzolino da denti, una maglietta, biancheria intima e leggings. Insiste perché buttiamo il mio vestito e il camice da laboratorio in un cassonetto. Qualcosa che riguarda le *tracce odorose*.

Ci sediamo in un ristorantino hipster. All'improvviso mi sembra di morire di fame e ordino *huevos rancheros* con avocado e una tazza di caffè.

Sam sembra soddisfatto. Ordina per sé quello che sfamerebbe tre persone.

I tremori alla base della nuca mi fanno scuotere la testa, ma non è un gesto molto evidente e Sam non se ne accorge.

"Il mio appartamento non è lontano da qui" provo di nuovo. "Magari potremmo solo passarci davanti per vedere se la via è libera."

Sam socchiude gli occhi. "Dimmi di cosa hai bisogno lì, Layne."

Mi mordo il labbro inferiore. Come vorrei che non fosse così perspicace. "Niente. Non importa. Hai ragione: non ne vale la pena."

Mi guarda per un lungo momento. "Sei di San Diego?"

Un fremito di disagio mi scuote. Dietro alla domanda apparentemente causale c'è una sfumatura di dubbio. Probabilmente perché sa che gli sto nascondendo qualcosa. Forse è per questo che gli dico più di quanto vorrei.

"Sono cresciuta a San Francisco. Chinatown." Rispondo subito all'irritante domanda che mi fanno tutti quando scoprono da dove vengo. "Mia madre è morta quando avevo otto anni. Mio padre non si è mai ripreso. È un professore di biologia. Ha ottenuto una cattedra a Londra dopo che sono andata al college, quindi non ho più veramente una casa."

Sam è immobile, come se avessi condiviso i segreti dell'universo. "Lo vai a trovare a Londra?"

Non so perché arrossisco. Immagino sia perché sono una pessima figlia che non ha nessuna voglia di vedere l'uomo svuotato che è diventato mio padre. "No." Bevo un sorso di caffè. Farà peggiorare i tremori, ma la familiare amarezza mi calma.

"E tu? Non sei nato e cresciuto nel laboratorio, giusto?" Mi si annoda lo stomaco al pensiero del suo passato traumatico.

"Quasi. Sono stato un esperimento *in vitro*. Non so con certezza come sono nato. Il certificato di nascita dichiara una femmina umana come mia madre, ma c'è il dubbio che in realtà io sia un mezzosangue. Sono cresciuto con famiglie affidatarie fino alla pubertà, ovvero quando ci tramutiamo per la prima volta. Poi un giorno mi sono venuti a prendere a scuola e mi hanno portato nel laboratorio, dove ho trascorso i successivi quattro anni come cavia da esperimento."

Caccio indietro le lacrime che mi salgono agli occhi, stringendomi la gola. "E poi?" Mi sforzo per far uscire le parole dalle labbra.

Gli occhi di Sam diventano gialli, lo sguardo fisso nel vuoto. Stringe le dita in due pugni.

Senza pensare, allungo una mano e gli tocco il braccio. Trema peggio di me senza medicine.

"Sam?" Accarezzo e stringo i pugni serrati. Lo sto richiamando al presente da dove è sparito, ovunque sia. "*Sam.*"

Lui sbatte le palpebre rapidamente, il suo sguardo torna sul mio viso. Dopo un momento, allenta la stretta e mi permette di aprirgli le mani. Gli occhi cambiano ancora colore e diventano azzurro chiaro.

"Cosa succede quando diventi così, Sam? Vivi dei flashback?"

Sam ritrae la mano di scatto, come se l'avessi morso. "È… non lo so. Non un flashback. Perdo il controllo."

"Il controllo che ti mantiene umano?"

Annuisce. "Sì."

Vorrei fare il giro del tavolo e stringere le mie braccia attorno a lui. Sedermi sul suo grembo e baciargli il collo, in modo che resti con me. L'urgenza di prendermi cura di lui è così forte che ne sono strabiliata.

Non ho legami emotivi con nessuno da quando mia madre è morta e mio padre si è chiuso in se stesso. Ma le cose sono state diverse fin dall'inizio con Sam.

~.~

*Sam*

LAYNE MI PRENDE una mano e se la porta al volto.

La cacofonia metallica che mi risuona nelle orecchie si attenua all'istante. Il battito del cuore rallenta. Inspiro profondamente. Poi mi sento pervaso da un brivido, come se a toccare Layne il mio corpo si ricalibrasse.

"Rendi le cose migliori e peggiori allo stesso tempo" le confesso.

Inarca un sopracciglio. "Sul serio?"

"Già." Le rivolgo un sorriso mesto. "Riesci a calmare la bestia che ho dentro... eccetto quando mi eccito. A quel punto non ci sono scuse che tengono."

"Dimmi cos'è successo. Com'è andata a finire... con gli esperimenti di laboratorio..."

Il frastuono ricomincia nel cervello. Scuoto la testa. "Non ora."

Mi guarda e sembra sul punto di controbattere, ma arriva la cameriera con le pietanze. Aspetto che si allontani per cominciare a mangiare, gettandomi tutto in bocca a palate. Merda. È fragilissima, cavolo. Mi sento morire al pensiero che abbia stressato il suo corpo attraverso lunghi anni di studio e ricerca. Merita di vivere, di vivere veramente. Una parte di me vuole mostrarle come, a partire da adesso.

Ma che cavolo ne so io? Per tutta la vita sono stato concentrato solo su sopravvivenza e vendetta. Non saprei neanche da dove cominciare a vivere una vita, figurarsi insegnarlo a Layne.

ayne

MI MORDO il labbro mentre Sam accosta davanti a una bassa casa a un piano a Chula Vista. Ho deciso che Sam ha un super potere, oltre alla cosa del lupo mannaro. Ha una specie di intensità, simile a un raggio traente, che ti risucchia e non ti lascia andare. Fino a che non ti trovi in fuga e vai a trovare gente a caso, in piccoli alloggi, nel tentativo di annientare una corporazione malvagia che guarda caso era il tuo precedente datore di lavoro. Come altro potrei spiegare la svolta che la mia vita ha compiuto nelle ultime ventiquattr'ore?

"Cosa ci facciamo qui?" chiedo.

"Ho messo qualcuno ad analizzare i dati che ho trovato, per cercare di scovare una pista che ci porti a Smyth. Nel frattempo voglio provare a trovare Nash."

"Il mutante leone?"

"Sì. Si era offerto volontario per il programma. A pelle mi

viene da dire che potrebbe saperne di più sulla Data-X e sul loro lavoro. Magari sa addirittura dove si trova Smyth."

"E pensi che si trovi qui?" Guardo la casa cadente.

"No. Ma penso che il tizio che ci vive sappia dove trovarlo." Sam è fuori dall'auto e mi apre la portiera prima che possa protestare. "Andiamo."

Lo seguo su per i gradini pericolanti. Prima che bussi, la porta del cottage si apre. Un uomo alto e magro, con occhiali che gli rendono gli occhi giganti, ci guarda.

"Signor Lawrence?" chiede Sam.

Anche se può sembrare impossibile, gli occhi dell'uomo diventano ancora più grandi.

"Ch-ch-chi siete?" balbetta sputacchiando, la testa che scatta di lato un paio di volte.

"Dobbiamo entrare" dice Sam facendosi strada all'interno. Lo seguo, rivolgendo al povero signor Lawrence un sorriso compassionevole mentre lui inarca le sopracciglia allarmato. Sono contenta di non essere l'unica a subire il particolare carisma di Sam.

Ci fermiamo in salotto mentre il nostro riluttante padrone di casa chiude la porta. All'interno, l'ambiente è pulito e rassettato.

"Ch-chi siete?" Il pomo d'Adamo gli oscilla selvaggiamente sul collo mentre termina la domanda.

"Guarda meglio. Ti verrà in mente."

Per un secondo l'uomo scruta Sam. Poi inspira con forza e indietreggia. Sam lo afferra, facendolo sedere su una sedia accanto alla porta. L'uomo si accomoda ordinatamente e resta lì, i suoi scatti ancora più violenti di prima.

"Va tutto bene" lo rassicura. "Non ho intenzione di farti del male."

L'uomo tremante ci guarda. "S-s-s-sam?"

"Sono io, Laurie" risponde con voce roca. Si tira su una

manica per mostrargli le cicatrici. In un lampo, l'uomo gli afferra l'avambraccio. Lui resta fermo, la fronte aggrottata, gli occhi addolorati mentre il signor Lawrence studia i segni sotto ai tatuaggi.

"Pensavo fossi morto" dice meravigliato.

Si lascia cadere sul divano di fronte a Lawrence e alla porta, e io seguo il suo esempio.

"Sono quasi morto." Sam mi guarda per un momento prima di continuare. "Ho perso il controllo del mio animale. Ho vissuto in mezzo alla natura per un po'. Ma un lupo alfa mi ha trovato. È rimasto con me fino a che non sono riuscito a ritrasformarmi."

Il signor Lawrence assorbe tutta la storia, sempre mosso da costanti scatti del corpo.

"Stai bene?" gli chiede Sam. "Ti serve niente?"

"Sto bene." L'uomo agita una mano per scacciare la preoccupazione. "Ho subito una procedura medica qualche anno fa. Ci sono state… delle conseguenze."

"Aspettate" dico, spostando lo sguardo tra lui e Sam. "È per questo che vi conoscete? Anche lei faceva parte degli esperimenti?"

"Lei sa?" chiede Lawrence a Sam. Gli occhi appaiono allarmati dietro alle lenti.

"Qualcosa. Non tutto. Non ancora."

"Chi è?"

"È con me."

"Mi chiamo Layne" dico.

"Oh, perdonami. Dove sono finite le mie buone maniere? Io sono Laurie."

"Laurie Lawrence?" chiedo.

"Giusto. Scusa la maleducazione" prosegue, come se non gli fossimo entrati a forza in casa. "Volete qualcosa da bere? Magari dell'acqua?"

"Siamo a posto così" dice Sam, mentre contemporanea-mente io rispondo: "Dell'acqua andrebbe benissimo, grazie."

Sam mi guarda inarcando un sopracciglio, mentre Laurie si alza ed esce lentamente dalla stanza.

"Quando qualcuno ti offre qualcosa a casa sua, è educa-zione accettare." Una delle piccole regole di mia madre.

"Non lo sapevo" mormora Sam, e una fitta di dolore nei suoi confronti mi trafigge il petto. Che genere di formazione ha avuto? Ho così tante domande sul suo conto...

Mi massaggia distrattamente la schiena.

Quando Laurie torna per porgermi un bicchiere, il corpo è scosso più di prima dagli scatti.

Fino a che Sam non si china in avanti con un'espressione intensa sul volto. "Ho bisogno di trovare un altro mutante di nome Nash. Anche lui ha subito gli esperimenti; dopo che siamo scappati, però. Lo conoscevi?"

"Nash? Il leone? Sei s-s-sicuro?"

"Affermativo. È l'anello mancante."

"Si è fatto vedere un paio di mesi fa. Non s-s-sapevo che fosse coinvolto. È..." Laurie scuote la testa rapidamente. Sembra un altro dei suoi tic nervosi.

"Ho letto la sua cartella. È entrato presto nel programma. Laurie, si era offerto volontario."

"Hai letto la sua cartella?" Laurie si alza di scatto dalla sedia e si mette a camminare avanti e indietro. "Come hai fatto?"

"Ieri sono entrato nel laboratorio della Data-X e ho rubato i file."

"Sei entrato..." Il corpo di Laurie trema. Mi ricorda un uccello, con quegli occhiali spessi che gli ingigantiscono gli occhi e i movimenti bruschi che fa. "Il complesso dello Utah. L'incendio. Sei stato tu?"

"A dire il vero è stata un'esplosione" dice Sam. "E sì. Sono stato io."

Laurie inspira profondamente. Intreccio le mani per impedire loro di tremare. Sam è l'unico di noi a non mostrarsi preoccupato di confessare atti di terrorismo interno.

Il nostro ospite cammina ancora avanti e indietro, mormorando tra sé e sé.

"Laurie." Sam si alza in piedi. "Guardami." L'uomo obbedisce e Sam lo fissa, azionando il suo raggio traente. "Non sono una minaccia né per te né per lui. Ho solo bisogno di parlargli."

"Non gli piacerà."

"Quindi sai dov'è?" La voce di Sam lascia trasparire una nota di trionfo.

Laurie sospira, toccandosi gli occhiali, come a volersi assicurare che ci siano ancora. "Io…"

Sam lo interrompe con un gesto brusco, facendogli segno di andare nell'angolo.

"Cos…?" Faccio per alzarmi e Sam si porta un dito alle labbra, andando verso la porta.

Poi lo sento. Fuori, qualcuno sta salendo i gradini. Una pausa. Trattengo il fiato.

La porta si apre di scatto e il nuovo arrivato entra in un lampo, andando a sbattere contro Sam, gridando. "Non ci prenderai mai vivi!"

"Fermo" grida Laurie. Sam si rimette in piedi e ringhia, un suono gutturale che mi scardina la schiena. Faccio per avanzare, ma Laurie mi afferra e mi tira dietro al divano.

Sam lotta contro il neo-arrivato, cadendo contro alla sedia e finendo sul pavimento.

"Mi sa che hai trovato carne fresca, vero, lupacchiotto?" grida l'aggressore. "Ti strappo le budella!"

"Declan, fermati." Laurie emerge di corsa da dietro il

divano agitando le braccia. "È un amico, un amico." L'uomo deve abbassarsi per evitare un pezzo di sedia che gli vola sopra alla testa.

"Ah sì?" Il neo-arrivato si rimette in piedi, passandosi le mani tra i folti capelli neri. "Ha un gancio destro proprio cattivo, non ci si sbaglia." Arriccia le labbra assumendo un'espressione da maniaco e mostrando tutti i denti.

Sam ringhia. Lui e l'aggressore si scrutano, camminando in cerchio.

"Vuoi saltarmi addosso, amico lupo?" chiede l'uomo dai capelli neri con una cantilena irlandese. "Ti faccio a pezzi, non credere che non ne sia capace…"

"Piantatela tutti e due" grido, e lancio loro addosso il mio bicchiere di plastica pieno d'acqua. Li manca e cade a terra, versando il contenuto dappertutto.

L'irlandese si ferma e si guarda le scarpe bagnate. "Chi è questa stronza?"

Sam ringhia ancora.

"È un'ospite." Laurie si alza in piedi, capelli e vestiti arruffati, occhiali storti sul naso.

"Ah sì? E il lupo?"

"Un amico. Sono tutti amici, Declan."

"Perché cazzo non me l'hai detto, allora?"

"I-i-io…" sputacchia Laurie.

"Te l'ha detto" grido io. "Tu hai attaccato e basta."

"Ah, ecco." Declan sorride. "Tutto è bene quello che finisce bene, eh, amico?"

"Certo." Sam ha ancora la fronte corrugata, il volto attento. Non toglie gli occhi di dosso neanche per un secondo al sorridente irlandese.

"Ok, allora adesso siamo tutti amici" dico con fermezza, portandomi al fianco di Sam. Il suo corpo è rigido, ma non si ritrae quando gli stringo un braccio.

"Hai proprio ragione, bella. Sono sempre contento di fare amicizia con una graziosa signorina." Declan mi fa l'occhiolino.

Un rombo sommesso risuona nel petto di Sam, e mi stringo di più a lui. "Sam, perché non ci sediamo e continuiamo a parlare di... di quello di cui stavamo parlando prima? Laurie, posso avere un altro bicchiere d'acqua?"

L'uomo obbedisce immediatamente. Declan afferra una sedia intera e ci si mette a cavalcioni, sempre sorridendo come un maniaco. Sam rimane con il volto di pietra, e mi spinge a risedermi sul divano con lui.

Laurie mi porge la mia acqua e io lo ringrazio.

"Stai bene, Laurie?" chiede Declan. "Ho visto la macchina qua fuori e mi sono preoccupato per te."

"Sto bene." Laurie annuisce un paio di volte. Non mi sfugge il modo protettivo con cui Declan lo guarda. E Laurie sembra molto più calmo adesso.

"Allora, di che stavate parlando?"

"Ci si aggiornava" dice Sam. "Non vedo Laurie da..."

"Quante stronzate del cazzo" dice Declan allegramente. "Che c'è che non va, amico lupo? Non mi riconosci?"

Sam si acciglia.

"Non dovrebbe essere difficile ricordarsi di un irlandese sboccato."

"Sono stato lì a lungo." Sam distoglie lo sguardo, la voce roca. "Non ricordo molto, dalla fine..." Gli prendo la mano e lui si interrompe, ricambiando la mia stretta. Fissa nel vuoto per un momento.

"Ah sì" mormora Declan, guardando Laurie.

"Sta cercando Nash."

"Davvero? Cosa vuoi dal Re delle bestie?"

"Ho bisogno di lui per trovare Smyth."

"Buona fortuna, allora." Declan si appoggia allo schienale

della sedia, spingendola indietro e facendola dondolare su due gambe. "Non parla con nessuno. Di niente. Si è fatto vedere due, forse tre mesi fa. Il migliore combattente della fossa. Cattivo. Selvaggio."

"Sam ha rubato dei video dalla Data-X" spiega Laurie.

"Davvero?" Il pazzo irlandese inarca un sopracciglio.

"Le cartelle dicono che Nash si era offerto volontario. E c'è una foto di lui e Smyth in uniforme militare che si stringono la mano. Saprà se c'è un collegamento con il governo, e potrebbe sapere come trovare Smyth. Mi manca pochissimo per riuscire a rintracciarlo. Ho bisogno di altri indizi."

"Nash non ti aiuterà. È rovinato, come tutti noi."

Il senso di colpa mi attanaglia le viscere. Ho visto gli incubi di Sam. So che la sua sofferenza è reale e onnipresente. Come posso adorare così tanto la mia ricerca quando viene portata avanti in questo modo orribile? Che la voglia usare per salvare delle vite cancella forse le vite distrutte per ottenerla?

"So cosa gli è successo" dice Sam con tono morbido, ma Declan sembra non sentirlo.

"L'unica cosa che tiene Nash in vita è il suo leone. E non lo lascerà uscire. È malato. Non smetterà di combattere, amico o nemico che sia. La fossa è perfetta per lui."

"Cos'è la fossa?" chiedo.

"Una gabbia per il combattimento dei mutanti. Niente animali."

"Quali animali?" Non posso fare a meno di mormorare. "Che altri tipi di mutanti ci sono?"

Gli occhi di Declan e di Laurie si fissano su di me.

Sam si schiarisce la gola. "Layne ha appena saputo... della nostra specie."

"E allora come mai siete qui, eh?"

"Lavorava alla Data-X" dice Sam con tono tranquillo. "L'ho rapita."

"Cosa?" Declan balza in piedi e la sedia cade a terra. All'istante Sam è davanti a me, protettivo.

"Cosa pensi di fare, lupo? Ci hai portato una di loro?" grida Declan, gli occhi selvaggi.

"Calmati" gli ordina Sam. "Non è una di loro. Hanno tentato di ucciderla. Lei sta con me."

"Non sapevo cosa stava succedendo. Non avrei mai fatto del male a nessuno" aggiungo.

"È vero. Posso garantire per lei." Sam tiene le braccia allargate per nascondermi dallo sguardo omicida di Declan. "È una brava persona."

"Ci crederò quando lo vedrò" ringhia Declan. "Come sei finita a lavorare lì?"

"Ero in un laboratorio." Mi contorco le mani. "Non ho mai incontrato nessun paziente. Mi mandavano le cellule e io facevo i test. Non mi dicevano quello che stavano facendo."

"Pazienti. È così che li chiamano? Soggetti da esperimento. Prigionieri" dice Declan con impeto. Laurie è schiacciato alla parete e mormora tra sé e sé. "Atrocità nel nome della scienza. Ogni esperimento tu abbia fatto, era macchiato di sangue. C'è gente che ha pagato con la vita."

"Mi spiace" sussurro.

"Non è stata colpa sua" dice Sam con fermezza.

Ma si sbaglia. Avrei dovuto fare più domande. Avrei dovuto mettere in discussione l'alto livello di sicurezza. Sono stata cieca.

"Layne non ne sapeva niente. E ora è in pericolo, tanto quanto me."

"Tanto quanto tutti noi" ribatte Declan. "C'è un motivo se viviamo in mezzo al nulla, scommettendo sui combattimenti tra mutanti per sopravvivere. I nostri animali sono distrutti.

Grazie a te siamo scappati, ma da allora viviamo nell'ombra. Stiamo aspettando il giorno in cui ci troveranno."

"Non succederà." Sam serra la mandibola.

"No? Cosa pensi di fare per impedirlo, lupo?"

"Dopo aver recuperato i file, ho inserito un virus per cancellare tutti gli hard disk. Tutti i dati sono spariti, anche il backup in cloud. Il virus infetterà ogni computer che tenterà di accedere ai file."

Non posso frenare l'ondata fredda che mi scorre nelle vene. Anche con il senso di colpa che mi attanaglia, non voglio che i miei dati vengano cancellati. Ora Sam è il mio unico collegamento alla ricerca.

*Troveremo un compromesso*, mi ha assicurato.

Declan fischia. "Sei un uomo ricercato. Hai i giorni contati."

"Devo trovare Nash" dice Sam.

"Allora va bene. Andiamo a trovarlo." Declan tira fuori un berretto dalla tasca posteriore e se lo infila in testa. "Ti portiamo alla fossa. Parker saprà dov'è Nash."

"Parker?" chiede Sam.

"Esatto." Declan si strofina le mani. "Andiamo a chiedere al cane dove sta il leone."

# CAPITOLO SETTE

ayne

LA FOSSA È un magazzino di mattoni di cemento nell'area industriale più abbandonata di San Diego.

Declan e Laurie entrano per primi. L'uomo più alto deve abbassarsi per passare dalla porta. Non ci sono finestre: nient'altro che un antro oscuro e un forte odore di terra. Oltre a odori come pelo, e animali. Rallento il passo.

Prima che entriamo, Sam mi prende per mano e mi tira di lato. "Potrebbe essere pericoloso."

"Più pericoloso che farsi sparare?"

"Sì." Si lecca le labbra. "Senti, Layne, non ti porterei qui se non avessi paura di lasciarti altrove priva di protezione. E non ho altre risorse qui in California."

"No, mi va bene. Quello che la Data-X sta facendo è malvagio." Penso agli scatti di Laurie e agli occhi selvaggi di Declan quando hanno scoperto che lavoravo lì. Alle cicatrici di Sam. "Se c'è una cosa, una cosa qualsiasi, che posso fare per aiutare, lo farò."

"Va bene. Stammi vicino. Fai quello che dico e non fare domande."

Alcuni tizi grandi e grossi entrano pesantemente nell'edificio. Mi squadrano da capo a piedi e io mi porto più vicino a Sam. "Va bene." Potrei contestare il tono autoritario, solo che mi torna in mente il ricordo della sculacciata di stamattina.

*Nel mondo dei lupi, la normale reazione alla disobbedienza è il castigo.*

Mi fa quasi venire voglia di disobbedirgli. Ma ora non è il momento di mettersi a fare casino.

Mi offre una mano e io la prendo. Insieme entriamo nella fossa.

L'odore di animale è più forte. Una luce fumosa pervade lo stanzone. Quando gli occhi si abituano vedo che è un bar, con tavoli circondati dagli uomini grandi e grossi che ho visto entrare prima.

Da un tavolino, Laurie ci fa segno con la mano. Ignoro le occhiate che la gente mi rivolge e resto appesa a Sam mentre andiamo verso l'uomo alto e nervoso.

"Ecco qua, amici." Declan appoggia sul tavolo quattro pinte.

Prendo un bicchiere e guardo il liquido dorato con occhi socchiusi. Sam coglie il mio sguardo e scuote la testa. Non che avessi bisogno di incoraggiamenti per rimetterlo giù.

Declan manda giù il suo in un sorso, facendo schioccare le labbra. "Intendi berlo o no, quello?" mi chiede, e io spingo il bicchiere verso di lui. "Questa è la fossa?" Mi guardo attorno, osservando la stanza scarsamente illuminata. "A me sembra un bar."

"Qua dentro c'è ben più di ciò che balza all'occhio." Declan mi fa l'occhiolino e si volta quando uno dei tizi si porta accanto a lui. "Sei tu quello dei numeri?" dice l'uomo, sbuffando.

"Sì" dichiara Declan. "Fuori servizio, stasera."

Il tizio alza una mazzetta di banconote. "Il mio branco ha ventimila dollari da puntare su Nash."

"Magari apro per un po'. Torno tra un momento." Declan e l'uomo vanno verso l'angolo, dove si mettono vicini a parlottare.

Laurie si leva gli occhiali e li pulisce. Le lenti sono spessissime. Non c'è da stupirsi che sembri avere occhi da insetto.

"Sono su ricetta, quelle?" gli chiedo.

"Un mio design" mi risponde." Gli esperimenti mi hanno lasciato quasi cieco alla luce del giorno. La vista notturna però è rimasta quasi perfetta."

Sto per fargli un'altra domanda, quando Declan ritorna. Alzandosi in punta di piedi, sussurra qualcosa all'orecchio dell'alto amico. Laurie annuisce e tira fuori un consunto bloc notes, dove segna qualcosa.

Sam finge di ignorarli entrambi, quindi faccio lo stesso. Altra gente entra nel bar, ma la stanza non diventa mai troppo affollata.

Declan continua a essere tirato da parte. Ogni volta che torna, lui e Laurie si intrattengono per un po' sussurrando, e la cosa si conclude sempre con Laurie che scrive sul quadernetto.

"Che buona serata per voi" dice Sam a Laurie dopo che Declan viene allontanato per l'ennesima volta.

"È sempre così quando combatte Nash" risponde Laurie.

"La gente lo sa che sei tu il vero uomo dei numeri?"

Laurie scuote la testa. "Declan vuole così. Sa difendersi."

"Anche tu sei un predatore" sottolinea Sam.

"Non come voi. C-cioè... io sono più bravo a trovare rapide scappatoie."

Ascolto solo in parte, chiedendomi di cosa stiano parlando, mentre tengo d'occhio un nuovo gruppo di tipi grandi e grossi, delle specie di motociclisti, che stanno discutendo vicino al nostro tavolo. Indossano tutti quanti un singolo orecchino: un osso bianco di qualche sorta. Sulle giacche hanno disegnato un grosso gatto che ringhia, con una scritta che li denomina *Le Zanne*. Due di loro iniziano a lottare, spingendosi a vicenda. Declan ne schiva uno mentre un motociclista dai capelli biondo cenere quasi gli atterra ai piedi.

"Gatti del cazzo" dice quando torna. "Siete pronti?"

Sam annuisce. Laurie fa strada, seguito da Sam, che mi tiene un braccio attorno alla vita.

"Ricorda quello che ti ho detto" mi mormora all'orecchio.

Andiamo verso il fondo del bar, dove Laurie apre una porta laterale. Un'esplosione di rumore e calore mi fa esitare. Una rampa di scale scende nell'oscurità. L'odore animale è più forte qui.

"Folla tosta stasera" dice Declan. "Non venitemi a dire che non vi avevo avvisato." Mi guardo alle spalle e l'irlandese dai capelli scuri mi fa l'occhiolino. La cosa non serve a calmarmi i nervi mentre Sam mi accompagna giù, lungo i gradini, nelle viscere della fossa.

Gli occhi si adeguano all'illuminazione ancora più scarsa. I corpi sono ammassati in una cavernosa stanza sotterranea, sia sulla platea sia premuti contro le maglie di una grossa recinzione metallica. Mentre Declan procede, Sam mi tiene un braccio stretto attorno alla vita.

Non ho mai avuto un fidanzato, quindi il gesto dovrebbe essermi sconosciuto, eppure mi risulta facile e giusto. È come se Sam fosse sempre stato qui al mio fianco, intenso e protettivo. Nella sua missione di fare giustizia e tenermi nel contempo al sicuro.

"Stammi vicino" mi mormora all'orecchio, e non ho nessun problema a restare schiacciata contro il suo corpo slanciato e solido. Stargli così attaccata mi fa sentire viva e femminile. Mi si gonfiano i capezzoli, che premono contro al reggiseno al solo pensiero del potere duro e crudo che mi cammina accanto.

Quando ci avviciniamo, alcune persone sembrano riconoscere Declan e gli fanno spazio. Due lottatori si stanno confrontando nel ring delimitato, i corpi sudati che luccicano sotto ai fari.

"La Gabbia" dice Declan, e Sam mi stringe più forte.

Alcuni spettatori gridano e battono contro alla recinzione metallica, ma la maggior parte degli astanti cammina avanti e indietro, parla, discute, cerca un posto per sedersi. Declan viene presto tirato da parte per altre scommesse.

Uno dei lottatori, un gigante pesante con una cicatrice che gli attraversa il volto, si lancia in avanti e sbatte un pugno in faccia all'avversario. Quello barcolla indietro in una pioggia di spruzzi rossi, dimenando le braccia in aria.

Mi irrigidisco, nauseata.

"Primo sangue" esclama qualcuno con voce annoiata. Alcuni si voltano a guardare i lottatori che si aggirano a vicenda, camminando in cerchio. Un paio di finte, poi si lanciano, sbattendo uno contro l'altro con brutalità.

"Disordinato." Un uomo con i capelli grigi che si trova tra noi e le sbarre scuote la testa. Si allontana dalla gabbia e lo guardo meglio, perché è un tizio giovane per avere i capelli di quel colore, per quanto folti.

"Parker." Declan appare di nuovo al nostro fianco. "Ho delle persone da presentarti. Sam e Layne."

Sam porge la mano, tenendo l'altro braccio sempre attorno a me.

Parker mi guarda socchiudendo gli occhi. "Lei non è dei nostri."

Sam mi stringe più forte. "È sotto la mia responsabilità."

"Vogliono parlare con Nash" dice Declan.

"Di cosa?"

"Della Data-X" dice Sam. Di colpo ci troviamo al centro di ostili occhiatacce. La gente attorno a noi si allontana e un nervoso brusio si diffonde tra la folla.

Parker getta indietro la testa dai grigi capelli e ride, un suono roco con una sfumatura leggermente isterica. Sembra una iena. "Non se ne parla."

"È importante." Sam si sposta. Gli poso una mano sul petto, anche se so che non potrei mai impedirgli di lanciarsi addosso a Parker. Il mio contatto sembra calmarlo.

"Non occorre fare tanto gli stronzi" dico a Parker, che mi guarda sorpreso e con nuovo rispetto.

Scrolla le spalle. "Nash non parla con nessuno. Io gli organizzo i combattimenti, e con me parla a malapena."

Dietro di noi risuona un ruggito e ci giriamo. Sussulto. Al posto del primo lottatore, nel ring c'è un enorme gorilla nero e grigio con una cicatrice sul muso, che si appende alla recinzione di metallo. La folla grida incoraggiante mentre l'animale si lancia sull'altro lottatore, ancora in sembianze umane.

"Novellino" dice Declan sbuffando.

"Già" conferma Parker. "Lasciar uscire l'animale significa squalifica istantanea" spiega a me e Sam. Resto a bocca aperta mentre il gorilla rincorre l'altro lottatore per il ring.

I pugni del gorilla battono contro alla pelle umana e sussulto, girando la testa per non vedere.

"Va tutto bene?" mi chiede Sam, stringendomi al suo fianco e scostandomi i capelli dal viso.

"Me la caverò."

"Mai vista una lotta tra mutanti prima d'ora?" chiede Parker. I suoi occhi luccicano, argentati.

Deglutisco. "No."

"Allora ti godrai una vera chicca." Declan si strofina le mani. "Nash è il meglio."

"Sì" dice Parker. "Scusatemi." Va verso la gabbia, facendo segno a due tizi grandi e grossi di seguirlo. Entrano nella recinzione e i due addetti alla sicurezza affiancano il gorilla mentre Parker solleva il braccio dell'uomo insanguinato, proclamandolo vincitore.

"Il vincitore è lui?" chiedo incredula, mentre Parker aiuta il lottatore a uscire zoppicante dalla gabbia. "Rischiava di morire!"

Declan scrolla le spalle. "Fa parte dello spettacolo."

I due buttafuori scortano il gorilla fuori dal ring e i fari si spengono. Delle luci al neon illuminano la folla, accompagnate da un rullo di tamburi tribale.

"È quasi ora" ci spiega Laurie. "Devono solo ripulire il pavimento dal sangue."

Un terzetto di donne formose, a malapena vestite di bikini leopardati, entra nella gabbia con dei secchi in mano. Ci tiriamo tutti indietro mentre ne riversano il contenuto schiumoso a terra e iniziano a inscenare una finta lotta libera nel sapone. Nel frattempo, alcuni operai in tutta da ginnastica entrano con degli spazzoloni e puliscono effettivamente il pavimento.

"Che classe" dico alzando gli occhi al cielo.

Laurie e Declan sono ipnotizzati. Sam osserva il tutto con lo stesso sguardo impassibile di sempre.

"Appena riesco a parlare con Nash, ce ne andiamo" mi assicura.

"Sto bene. "Mi acciglio mentre qualcuno mi viene addosso. "Ho solo un po' di claustrofobia."

"Non permetterò che ti succeda niente" mi promette.

Troviamo due posti a sedere in platea, stringendoci accanto ad altri tizi corpulenti che fanno scommesse. Man mano che i minuti passano e il posto si riempie, mi vengo praticamente a trovare in grembo a Sam.

La gabbia è vuota quando i fari si riaccendono.

"Signore e signori" dice tonante la voce di Parker. Subito la gente si zittisce. "Il combattimento che stavate aspettando. Lo sfidante di questa sera è un visitatore proveniente dal nord. Il Colosso."

Un gigante entra nella gabbia e solleva le braccia possenti per accogliere grida e fischi.

"Mutante orso" ci dice Laurie.

"Affronterà l'alfa regnante di questo ring, che è qui a difendere il suo orgoglio: il Re delle bestie."

La folla erompe in un tripudio. L'aria vibra e sembra che l'intero edificio tremi. Mi stringo a Sam mentre gli uomini attorno a noi ululano, battendo i piedi. La recinzione metallica è scossa dai colpi e alcuni fan cercano di scavalcarla. Gli addetti alla sicurezza fanno schioccare le fruste, facendoli tornare al loro posto.

I fari ronzano all'ingresso del lottatore.

"Eccolo." Laurie lo indica, ma all'inizio non mi accorgo dell'ingresso di Nash. Io e Sam ci alziamo, mettendoci in piedi sulla panca per vedere.

Nash indossa un'uniforme militare, ha il potente petto nudo, tatuato e pieno di cicatrici. Mascella squadrata, capelli chiari a spazzola: il tipico soldato americano, non fosse per la luce gialla che ha negli occhi.

"Era un soldato, forze speciali" spiega Sam mentre la folla si sposta per far passare Nash, osannandone il nome. Qualcuno cerca di mettergli una corona in testa e un mantello viola sulle spalle ma lui getta via tutto, ignorando ogni cosa, mentre avanza verso il ring per il combattimento.

"Nessuno combatte come Nash" dice Declan sussurrando. "Nessuno."

"Era un eroe prima di finire alla Data-X" dice Laurie. "Ora il suo leone è pazzo."

Nash non è emaciato come l'ho visto nell'ultimo video mostratomi da Sam, ma il ricordo del dolore è evidente nello sguardo fisso. Qualsiasi cosa gli abbia fatto la Data-X, il suo corpo e la sua anima ne porteranno per sempre le cicatrici.

Mi stringo a Sam, il cuore improvvisamente afflitto.

"Layne...?" mi sussurra Sam nell'orecchio.

Premo la guancia contro alla sua, aggrappandomi alla sua maglietta. "Ti aiuterò a sconfiggerli" gli dico nell'orecchio, e mi ritraggo in modo che possa vedermi in volto la serietà. Mi scruta, ma non mi chiede di chi stia parlando. Non serve. "Voglio che la paghino."

Una pausa e annuisce. I suoi occhi luccicano di qualcosa di innaturale.

Gli poso una mano sulla guancia, poi mi volto a guardare il combattimento che inizia.

Mentre Nash si avvicina, l'orso bruno piega la schiena e ringhia. Nash non batte ciglio, facendo un cenno col capo a Parker prima di salire sul ring.

"Conoscete le regole. Niente animali. Fino a che siete in piedi, combattete" annuncia Parker.

L'orso e il soldato si guardano e iniziano a camminare in cerchio, uno di fronte all'altro. In confronto all'avversario Nash è magro e agile, alto ma non torreggiante. L'orso avanza danzando, facendo scattare i pugni, ma Nash li schiva con facilità, muovendosi quel tanto che basta e non un centimetro di più. Il suo sguardo dorato non lascia mai il volto dell'avversario.

"Non ha mai perso un combattimento. Non supera mai i tre round e non lascia mai emergere il leone" sussurra Declan senza staccare gli occhi dal combattimento. "Controllo perfetto."

"No" dice Laurie con uno scatto. "Si trattiene fintanto che può. Quando il suo leone emergerà, tutti attorno a lui moriranno."

Rabbrividisco e mi stringo a Sam.

L'orso si stanca di camminare in cerchio e scatta in avanti, dimenando i pugni. Nash si sposta, ma quando l'orso si gira per attaccarlo di nuovo il soldato pianta i piedi a terra e tira un pugno contro al volto segnato del nemico. L'orso barcolla indietro. La gente si alza in piedi, gridando.

Il mutante orso barcolla fino al bordo del ring, scuotendo la testa. Guardando Nash ringhia, mostrando lunghi denti gialli.

"Oh mio Dio" sussulto, mentre l'orso bruno si lancia ancora in avanti, facendo arretrare Nash. "Si sta tramutando."

Le braccia di Sam mi stringono forte. "Non ancora."

Nash schiva tutti i colpi dell'avversario; il volto indifferente è in netto contrasto con il ringhio distorto del Colosso. I pugni del mutante orso sono larghi, imprecisi, e Nash avanza, piantando i piedi a terra e colpendolo con un pugno tremendo che lo lancia quasi dalla parte opposta del ring.

"Sì!" esulta Declan.

Sento il cuore battere mentre Nash passa all'attacco, tempestando di colpi l'orso bruno. L'avversario riesce a mandare a segno qualche colpo, che Nash assorbe come se fosse fatto di cemento. Attorno alla gabbia i volti degli spettatori si contorcono, le grida diventano ruggiti. All'interno del ring il sangue scorre. L'orso bruno scivola sul pavimento rosso.

I due contendenti si allontanano. Nash ha incassato un

colpo: ha qualche livido e un rigolo di sangue che gli cola dal viso. Dal canto suo, l'orso bruno è chino in avanti e respira affannosamente.

"Osanniamo tutti il Re delle bestie" grida qualcuno. Il suono è acuto, una voce di donna. Nash gira la testa.

L'orso bruno colpisce, lanciandosi in avanti. Un braccio si stende, per metà coperto di pelliccia. Nash si ridesta e lo colpisce al volto. Un orso esplode fuori dal Colosso, un grizzly enorme con zampe grandi come la mia testa. Le quattro zampe colpiscono il terreno e fanno tremare il ring.

"No" grido, scattando in piedi. Sam mi tiene stretta.

"Penalità, penalità" grida Parker, ma l'annuncio viene inghiottito dalle grida della folla. Nash affronta l'animale gigante: il forte corpo incredibilmente piccolo di fronte all'orso.

Trattengo un grido. L'orso attacca. Nash gli tiene testa, spostandosi di lato all'ultimo e afferrando la zampa del grizzly al suo passaggio. L'arto si spezza con uno schiocco nauseante. L'orso finisce sdraiato di schiena, dove Nash gli sbatte la testa contro al pavimento di cemento.

Succede tutto così rapidamente che se avessi battuto le palpebre mi sarei persa la scena. Il combattimento è finito. L'orso bruno giace immobile. La folla grida, batte i piedi, esulta. Parker grida la vittoria al microfono. Declan è fuori di sé dalla gioia. Persino Laurie batte le mani.

Nash appoggia un piede sul petto dell'orso, tira indietro la testa e ruggisce. Il suono si gonfia e riempie lo spazio. Mi sento rizzare tutti i peli del corpo. La gente si sta alzando in piedi. Alzano le panche e le spaccano a terra. All'improvviso Sam ha uno scatto. "Tienila" ordina a Laurie, e mi spinge tra le braccia dell'uomo alto. Si dirige verso Parker, che è circondato dalla folla e cerca di gridare al microfono degli annunci che nessuno riesce a sentire.

Sam afferra Parker e lo fa ruotare. "Nash! Devo parlare con Nash."

Il ring è vuoto, eccetto per l'orso bruno privo di conoscenza. Nash se n'è già andato, diretto verso la porta sul retro, sgomitando tra la gente.

"Aspetta" grida Sam cercando di seguirlo, ma è già sparito.

Cerco di raggiungere Sam e un corpo mi colpisce, facendomi barcollare in mezzo a un gruppo di motociclisti con giubbotti di pelle.

"Scusate…"

"Umana" dice il tizio biondo davanti a me con un ringhio, gli occhi che si illuminano di un verde inquietante.

"Non volevo…" Salto indietro mentre l'uomo mi ringhia addosso, mostrando lunghi canini.

Dal nulla riappare Sam e le sue dita si serrano attorno alla gola del tizio. C'è una piccola zuffa tanto rapida che quasi non ne vedo le mosse e l'uomo finisce contro al muro: Sam ce lo spinge contro con il peso del suo corpo.

Delle braccia si stringono attorno a me e grido.

"Piano, amica. Sono io." Declan mi sorregge mentre mi allontana. Un altro gigante va a sbattere contro ai motociclisti e scoppia una seconda zuffa.

"Dobbiamo uscire da qui" mormora Declan, spingendomi verso la porta.

"Non senza Sam."

"Lo prenderà Laurie. Lasciami dare il segnale."

"Il segnale?"

"Stanno cercando il mio ciondolo portafortuna!" grida Declan, e mi trascina in mezzo ai mutanti, verso la parete, dove apre con un calcio una porta nascosta e mi spinge alla luce del sole.

~.~

*Sam*

NON APPENA SONO sicuro che Layne è fuori, al sicuro, schivo un pugno e lascio andare lo stronzo che le ha ringhiato. Non sono un alfa come Jackson e Garrett, ma vaffanculo: non si scherza con il mio lupo quando qualcuno minaccia la mia compagna. Ma ora che so che è al sicuro, l'urgenza di raggiungere Nash torna la priorità. Corro alla porta dove l'ho visto scomparire. Lì trovo Parker che conta i soldi.

"Dovevo parlargli."

Parker scrolla le spalle.

"Sam, dobbiamo andare." Laurie appare al mio fianco.

"Layne è al sicuro?"

"Sì. È con Declan. Andiamo." Fa pressione per mettermi fretta.

Afferro il braccio di Parker.

"Attento, lupo" mi dice con un ringhio, ma ignoro la minaccia.

"Sfido Nash a duello."

"Tu?" Parker mi fissa come se mi fosse spuntata una seconda testa. Ho capito. Non sono materiale neanche da lupo beta. Gli esperimenti e il costante indebolimento del mio sistema durante la pubertà, per non parlare dei mesi passati da solo nei boschi, mi hanno lasciato un fisico piuttosto rinsecchito per un mutante. La maggior parte della gente qua dentro ha almeno venti chili più di me, se non di più.

Quindi sì, probabilmente sono pazzo. Un cervello razionale non escogiterebbe mai un piano del genere.

"Combatterò contro di lui, ma se vinco dovrà accettare di parlarmi."

"Sei pazzo" dice Parker.

"Se vinco" ripeto, e lui annuisce.

"Vedo se riesco a organizzare."

Scrivo il mio numero di telefono su una delle sue banconote da venti dollari. "Fammi sapere."

Ci sono altri mutanti radunati nel parcheggio esterno. Una Chevrolet Camaro si ferma accanto a noi facendo fischiare le gomme, Declan al volante, Layne dalla parte del passeggero. Ringhio, anche se so che ha appena protetto Layne per me.

Declan sorride, gli occhi sempre illuminati da un'allegra follia. Ha il cervello fottuto come il mio. Come anche Laurie, a modo suo. "Non ti rubo l'amichetta, amico." Solleva il mento guardando Laurie. "Ti scambio con questa."

Layne si sgancia la cintura mentre Laurie va a sedersi davanti. "D-dove s-s-state?" chiede Laurie.

Scrollo le spalle. "Ho una casa di sicurezza nelle montagne, ma sono novanta minuti buoni da qui."

"Puoi s-s-s-stare con me" offre. "Ho una casa per gli ospiti."

Ricordo di aver visto la piccola struttura simile a un garage dietro al suo cottage. In California qualsiasi struttura diventa uno spazio abitativo. Sono sorpreso dall'offerta. Non che non mi aspettassi aiuto da Laurie e Declan, ma ospitarci, soprattutto considerando che potremmo metterli nei guai, è davvero roba dell'altro mondo. Sto per scuotere la testa, ma poi mi fermo. Oggi senza l'aiuto di Declan sarebbe potuto succedere qualcosa a Layne. Non posso dare la caccia a Smyth e allo stesso tempo proteggerla, anche se lo vorrei tanto. Saperla al sicuro con altri mutanti mi aiuterebbe a concentrarmi sull'eliminazione di Smyth. Quando avrò chiuso con lui, potrò proteggerla fino a che non saremo certi che sia sicuro per lei tornare a casa.

Solo che un orribile presentimento che ho nelle viscere mi dice che non ci sarà nessun ritorno a casa. Non per Layne. Non per me. Se il governo è coinvolto nel Progetto Alfa, non avranno pace fino a che non ci avranno fatti fuori.

Cazzo.

Annuisco. "Sì, grazie. Ci vediamo lì."

Laurie fa un cenno di assenso con la testa e monta a bordo del Camaro. Subito dopo Declan parte a tutta birra, prima ancora che la portiera sia chiusa.

Layne cammina rapidamente verso il furgone. Non riesco a capire se sia arrabbiata o spaventata. Forse un po' di entrambe le cose.

Salgo a bordo e accendo il motore. "Mi spiace tantissimo di averti lasciata priva di protezione là dentro" dico.

Scuote la testa. Sta fissando dritto fuori dal parabrezza, come scioccata.

Ingrano la marcia. Passiamo accanto a grossi gatti che si azzuffano mentre usciamo dal parcheggio: due leopardi che si spingono addosso alle motociclette, graffiandosi con denti e artigli.

"Forse c'è stata più violenza di quella cui sei abituata."

"Già" sussurra.

Allungo un braccio e le afferro la mano, e resto scioccato da quanto trema. "*Layne.*"

"Sam, devo andare a prendere le mie medicine" mormora.

Mi sento gelare e provo una fitta tra le costole. Non parla di anticoncezionali. È qualcosa di serio. Incapace di respirare o parlare, opto per dare gas al motore e scattare dal parcheggio come ha fatto Declan, imboccando la strada principale.

Ci vogliono dieci, venti secondi per riuscire a bloccare il

martello pneumatico che mi rimbomba nelle orecchie. "Raccontami" dico con voce roca.

"È una malattia neurologica degenerativa. La Barrington. Di cui è morta mia madre."

Sono incapace di respirare. La mia femmina *sta morendo.* Non può essere vero, cazzo.

"Sam!" grida Layne quando il furgone inizia a correre fuori strada.

Correggo la direzione, con la mente popolata da pensieri vorticanti. "Ecco perché sei così ossessionata dalla ricerca. Stai cercando una cura."

Gli occhi di Layne sono fissi sulle sue mani. "No. È troppo tardi per me. Ma potrei aiutare altre persone."

"No." Sbatto il pugno sul cruscotto, spaccando la plastica.

Solo lo sguardo spaventato di Layne mi fa sopprimere la rabbia che mi imperversa dentro.

"Deve esserci una cura" dico.

"Sam." La sua voce è implorante, e la sento pregna di lacrime. "Ormai mi sono messa il cuore in pace. Non peggiorare le cose."

Una tempesta di emozioni mi scorre dentro. Vorrei gridare. Spaccare tutto. Il rammarico mi pervade, riempiendomi a secchiate. Mi si riversa sulla testa, mi scende nella gola. Se solo lo avessi saputo prima…

Ma che differenza avrebbe fatto?

Accosto davanti alla casa di Laurie, ma non apro la portiera. "Layne." Ho la voce spezzata e roca, come se avessi gridato per ore. "Non giudico le tue scelte, ma mi *fa incazzare a morte* che tu ti sia chiusa nella ricerca per tutta la vita quando avresti potuto… *vivere.*"

Cielo, mi sembra di essere *io* a morire. Proprio qui, proprio adesso. Dissanguato dietro al volante, perché la vita di Layne – la compagna che non ho mai fatto mia – verrà presto interrotta. Devo aver messo da parte un briciolo di speranza di sopravvivere alla missione di vendetta e di avere qualcosa da offrirle.

"*Vaffanculo*" mi sputa addosso Layne, lanciandosi fuori dal furgone. Le sue parole mi scuotono e mi ridestano dal mio momento di autocommiserazione.

Esco veloce dal furgone e la seguo. La raggiungo sul marciapiede, infilandole un braccio attorno alla vita e stringendola contro al mio corpo. "Layne, aspetta. Scusa. Mi è uscito di bocca in modo sbagliatissimo." Affondo il viso nei suoi capelli neri e setosi e inalo il suo profumo. Non mi viene in mente nient'altro da dire, non che sia mai stato bravo con le parole. Mi limito a tenere il suo corpo fragile contro il mio, sincronizzando i nostri respiri.

"Andrò a prenderti le medicine" le prometto. "Ci vado subito, se vuoi. Ma da solo. Non voglio mettere a repentaglio la tua sicurezza."

"Non posso aspettare fino a domani." La voce è stridula.

"Sei sicura?"

Cazzo. Sono uno stronzo. Devo offrirle qualcosa di più che recuperarle le medicine che è tutto il giorno che cerca di ottenere. La pancia mi dice che dovrei essere capace di sistemare le cose, ma *dannazione*, non c'è rimedio.

Ho voglia di imprecare e ululare. Tramutarmi e correre in mezzo alle montagne, dove già una volta mi sono quasi perso per sempre.

"Se non ci fosse la Barrington, se tua mamma fosse ancora viva e non ci fosse bisogno di salvare il mondo, cosa faresti?" Le tengo le labbra accanto all'orecchio. Trema. Le lacrime le si stanno asciugando sulle guance.

"Non lo so." La sua voce si spezza. "Tu cosa faresti, se non avessi una vendetta da portare a termine?"

"Cercherei il modo di stare con te." Rispondo all'istante, probabilmente sorprendendo me quanto lei.

Si gira tra le mie braccia, gli occhi sgranati. "Sam..." Il mio nome sembra così pregno di significato, ma non riesco a decifrare i suoi pensieri.

Faccio scorrere il pollice sulla sua guancia. "Sono così attratto da te, Layne. Non so come sia per gli umani, ma con i mutanti a volte è l'animale a scegliere. Il mio lupo ti vuole. Anche se non posso averti. Anche se queste sono le peggiori circostanze possibili. Quindi sì, se adesso fossi libero, se il mio futuro fosse aperto, terrei gli occhi fissi su di te. Cercherei di capire cos'è questa cosa che c'è tra di noi, e dove potremmo arrivare." Improvvisamente consapevole di quello che sto dicendo, le levo le braccia di dosso e mi infilo le mani in tasca. "So di non saperci fare, ma..."

"Mi farebbe piacere."

Resto immobile.

Posa una mano piatta sul mio petto. China il volto verso di me, come se volesse un bacio.

Il mio lupo, prima soggiogato dalle sue lacrime, ringhia e riprende vita dentro di me. Mi impadronisco della sua bocca e allo stesso tempo le infilo un braccio sotto al sedere, sollevandola. Lei mi stringe le gambe attorno, rispondendo al mio bacio con un fervore che non mi aspettavo.

"Layne." Ho bisogno di lei nuda. *Adesso.*

Senza interrompere il bacio, passo oltre la casetta di Laurie e vado dritto verso il capanno che c'è dietro. Laurie è lì, la chiave in mano, gli occhi sgranati di fronte allo spettacolo del nostro combattimento di labbra degno di una gara olimpica. Spinge la porta e la apre, si fa indietro e mi lascia passare senza aggiungere una parola. La porta si chiude piano alle nostre spalle, ma me ne accorgo appena.

La struttura è un mini-appartamentino, con un letto al

centro della stanza. La poso sul materasso e mi porto le mani dietro al collo per tirarmi via di dosso la maglietta, senza mai distogliere lo sguardo dalla mia bellissima, fragile femmina.

Layne si mette a sedere; un grazioso rossore le colora le guance.

Le sono addosso in un lampo e le nostre labbra si incontrano di nuovo mentre le strappo i vestiti. Voglio che senta tutte le emozioni che ho dentro. Tutto quello che non so esprimere. Il caos per la sua malattia, l'intenso desiderio di cambiare il suo – il *nostro* – destino.

~.~

*Layne*

I BACI di Sam sono in cima alla lista delle cose che sono felice di aver provato prima di morire.

Per uno che dice di non saperci fare con le donne, certo sa quello che sta facendo. La sua lingua mi scorre tra le labbra, chiede la mia resa. Mi sciolgo sotto di lui, mi offro mentre mi sfila la maglietta dalla testa. Beh, cos'altro ci resta?

Nessuno di noi due ha qualcosa da dare all'altro. A parte questo. La nostra passione. L'incredibile musica che i nostri corpi suonano insieme.

E no, non ho paura del suo lupo. Se c'è una cosa che ormai ho imparato è che Sam non mi farà del male.

Preme le anche contro al mio inguine, fa scorrere la bocca lungo il mio collo. Sgancia il reggiseno con le dita mordicchiandomi contemporaneamente il seno. Il reggiseno scompare ovunque sia finita la maglietta e le sue labbra sono subito sui capezzoli, la lingua che rotea attorno alla punta dura.

Sussulto e inarco la schiena spingendomi verso di lui. Le insistenti contrazioni di desiderio tra le gambe mi fanno dimenare per sfilarmi leggings e mutandine. Abbandona i capezzoli e scende, leccando, fino alla pancia.

Ancora.

Di più.

"SAM" dico ansimando, scalciando via la stoffa aggrovigliata attorno alle caviglie.

Mi infila una mano sotto alle ginocchia e le spinge in alto, aprendomi al massimo. Sento le farfalle nello stomaco per l'eccitazione. Ringhia e poi si tuffa a leccarmi, usando la lingua con generosità. Con sapienza.

Gli stringo le cosce contro alle orecchie, ma lui spinge per divaricarle di nuovo; mi tiene giù il bacino torturandomi con decise leccate sul clitoride.

Gli afferro i capelli biondi, li tiro strofinandomi senza vergogna contro alla sua faccia. Ma non voglio solo ricevere piacere da lui, come l'altra volta. Desidero anche dargliene. "Lasciami alzare" dico con voce roca. "*Lasciami alzare.*" Non vedendolo reagire, gli spingo le spalle.

Lui solleva la testa, gli occhi sorpresi che luccicano, gialli, le labbra tumide e bagnate dai miei succhi. Scivolo via e lo tiro sul letto. Cade di schiena, appoggiato sugli avambracci, con lo stupore in volto.

"Tocca a me." Allungo le mani verso il bottone dei suoi jeans.

Ride. "Legami" dice con voce roca.

"Cosa?"

"Farai meglio a legarmi o non sarò capace di fermarmi. Sbatterò tra quelle tue dolci cosce fino a domattina."

Una risata scioccata mi scappa dalle labbra. Le sue parole mi infiammano ancora di più di desiderio. Ho i capezzoli che pulsano a tempo con il clitoride. Ha le palpebre socchiuse, lo sguardo che mi scruta, come un uomo in procinto di morire di fame. Premo le labbra tra loro. "Hai un preservativo?"

Sam mi fissa per un momento, incredulo, poi la mano scatta alla tasca dei jeans. Estrae il portafoglio e ci rovista dentro con dita tremanti, fino a tirarne fuori il pacchettino quadrato. "*Sì.*" Me lo mostra come fosse il biglietto vincente della lotteria.

Poi una nube di dubbio gli vela lo sguardo. Scatta indietro alzandosi dal letto e si massaggia la mandibola. "Layne, non possiamo."

Striscio in avanti sul letto: adoro quella sfumatura di panico sul viso di Sam, il modo in cui stringe il pugno attorno al preservativo. Le sue iridi passano da azzurre a gialle e poi di nuovo azzurre. "Non ho paura del tuo lupo" sussurro. "Stavolta non griderò."

Fa un passo indietro e scuote la testa. "N-non posso. Non ho il controllo."

Lo seguo, scendendo dal letto e allungando le mani verso la sua vita. Affetto i due risvolti dei jeans aperti, libero l'erezione e mi metto in ginocchio ai suoi piedi. Con lo sguardo fisso sul suo volto, apro le labbra e prendo in bocca la grossa punta del suo sesso.

Lui lo spinge in avanti, e sembra diventare ancora più lungo. Il gemito che gli sale dalla gola ha un timbro animale. Mi infila le dita tra i capelli. "Layne… sei bellissima."

Non mi sono mai sentita così femminile, così attraente. Voglio farlo sentire un re. Non sono un'esperta, ma so che non serve essere scienziati spaziali per fare un pompino. Lo prendo in bocca più a fondo che posso e poi risucchio.

Lui geme, le dita che si stringono tra i capelli. *Mm. Hmm.* I risultati del test preliminare indicano che la mia bocca addosso gli piace. Afferro la base del sesso per tenerlo fermo e un altro brivido lo pervade.

*Aha.* Le prove suggeriscono anche che una bella stretta dona piacere al mio uomo. Muovo la bocca e la mano in sintonia, assaggiando ogni goccia della sua essenza salata.

Gli tremano le cosce, il rombo nel suo petto cresce. Adoro il suono del suo respiro affannato contro di me. Prima di concludere mi spinge indietro. La mia caduta è attutita dalle sue braccia e da un ruvido cuscino.

"Ho bisogno di te." La sua voce gutturale è quasi irriconoscibile. Sento il fruscio della stagnola, poi si infila il preservativo sul membro rigido, srotolandolo rapidamente.

"Anch'io ho bisogno di te" mormoro, allungandomi a tirare il suo viso verso di me.

Mi entra dentro con un colpo unico nello stesso istante in cui le nostre labbra si uniscono.

Grido; non per dolore ma per lo shock di piacere che mi pervade tutto il corpo. Ogni terminazione nervosa si accende, ogni zona erogena fiorisce. Il mio desiderio cresce quanto il suo e inizio a strofinarmi e piegarmi per prenderlo più a fondo, per avvicinare i nostri corpi. Ruoto il bacino di scatto, strusciando il clitoride lungo la base della verga in cadenza con ciascuno dei suoi colpi. Mi riempie e torna indietro.

Mi si strozza il respiro e poi emetto un suono passionale e pregno di desiderio.

"Ancora" ringhia, gli occhi completamente dorati. Pompa più forte, più veloce.

Come se la bestia fossi io e non lui, gli mordicchio la

spalla, gli lecco l'orecchio. Premo le unghie contro al suo sedere, spingendolo verso di me, stringendolo tra le cosce.

"Davvero... fantastico..." Parla a denti stretti.

Ruoto indietro gli occhi.

"Non riesco a fermarmi. Non riesco a fermarmi. Oh Dio, Layne, non riesco..." Sam emette un ringhio totalmente animale e affonda al massimo.

Le mie braccia scattano attorno al suo collo e fondo il mio corpo contro al suo mentre l'orgasmo mi pervade. Nella testa esplodono fuochi d'artificio. Ogni muscolo del mio corpo vibra mentre il mio sesso si contrae attorno al suo membro.

Sam mi morde, fortissimo.

Annaspo, ma la sensazione porta una seconda ondata di tremori simili a un terremoto in tutto il corpo. Il dolore è eclissato da puro piacere.

Sam tenta di sollevare il suo peso dal mio corpo, ma io mi tengo stretta a lui quindi alza anche me.

"Non lasciarmi andare mai" lo imploro, prima di rendermi conto di quanto suoni patetico.

Lecca il punto in cui mi ha morso. "Non lo farò." La sua voce è ancora roca e profonda.

Si alza con me ancora attaccata al suo corpo e mi fa riaccomodare sul letto, accanto a lui. Poi mi infila il naso tra i capelli e mi bacia viso e collo. Quando finalmente allento la stretta, si ritrae e controlla il morso che ho sul collo.

Ci poso sopra le dita, sorpresa di sentire la pelle rotta.

"Ti ho marchiata."

"Sì."

"È il modo in cui un lupo si accoppia. Non volevo, ma una zanna ti ha sfiorato la pelle mentre avevi l'orgasmo."

Mi tiro su sui gomiti; il torpore post-orgasmico si dissipa man mano, lasciando tornare la lucidità al cervello.

Non so come interpretare i dati appena forniti da Sam. "Intendi… si accoppia, tipo… si sposa?"

Annuisce e si massaggia la mascella in un modo che ho già imparato ad amare. "Mi… cazzo, no, non mi dispiace. Vorrei scusarmi ma…" Un sorriso gli piega le labbra, come se non potesse trattenersi.

Non posso evitare di restituirgliene uno anche io. "Non ti dispiace?" Arrossisco nel sentire il carico di speranza nella mia voce.

Scrolla le spalle. "Il mio lupo ha avuto quello che voleva." Ammicca con le sopracciglia. "Te."

"Ok." Non so cos'altro dire. Non spiace neanche a me, anche se non so cosa significhi.

Il lupo di Sam mi ha presa come sua compagna.

Sa che sto vivendo un tempo limitato e sembra non interessargli, quindi perché dovrei discutere?

Lecca ancora la ferita. "Fa male, dolcezza?"

"No."

Si mette comodo accanto a me e mi stringe tra le braccia. "Bene. Non è tanto profondo. Può darsi che neanche ti lasci la cicatrice." Sta sorridendo ancora. "Sei ufficialmente la mia compagna. Spero non ti dispiaccia."

Mi accoccolo tra le sue calde braccia. "Non so cosa implichi, ma mi sembra ok."

Mi bacia la fronte. "So che nessuno di noi due voleva una relazione. Tu sei malata e io… potrei vivere poco anch'io."

Mi si stringe il cuore, ma scaccio la paura. Voglio godermi questo istante, anche solo per un breve momento.

"Ma averti conosciuta, averti marchiata, mi sembra l'unica svolta sensata mai presa in vita mia. Ti sembra una follia?"

"Sì" mormoro. "Una follia meravigliosa. Proprio come te."

# CAPITOLO OTTO

 *am*

SORVEGLIO l'appartamento di Layne prima di entrare. Non è ancora l'alba e ho parcheggiato parecchi isolati più in là, strisciando nell'ombra fin qui. Lasciarla calda e nuda nel letto mi ha quasi ammazzato, ma lo stesso fa il pensiero di vederla soffrire perché le ho impedito di prendere le sue medicine.

Tento ancora di sentirmi in colpa per averla marchiata, ma non ci riesco. Il mio lupo è felicissimo e per la prima volta – forse in assoluto – ho dormito tutta la notte senza un incubo.

Non mi sono svegliato neanche una volta sudato, strappando le lenzuola con le dita o tirando pugni alla testiera e al muro. Come al ristorantino.

Layne calma la follia che ribolle in me.

Quindi sì, marchiarla è stato un incidente e nessuno di noi due è nella posizione di darsi a un compagno, ma non ho nessun rimpianto.

Sono soddisfatto di avere una compagna per il breve

tempo che mi resta. Riconosco la pace che mi ha procurato. Il piacere.

E sì, sto già parlando come se dovesse finire, perché so che è così.

Lo sappiamo entrambi.

Lei sta morendo e io ho già le ore contate. Probabilmente sarò morto prima di vedere la fine della questione Smyth.

Le chiavi di casa di Layne sono andate perse nel tentativo di fuga, ma non sarei comunque entrato dalla porta principale. Vive in un complesso a El Cajon. Più che appartamenti sembra un insieme di casette. Spacco il vetro di una finestra sul retro e ruoto la maniglia infilando il braccio all'interno. Sento l'odore pregnante di maschi umani in casa sua. Quindi l'hanno perquisita.

Una cosa di cui sono certo è che, qualsiasi cosa succeda nei laboratori, di qualsiasi livello sia il coinvolgimento del governo, non vogliono che sia reso pubblico. La struttura che ho fatto saltare per aria nello Utah non è mai apparsa tra le notizie, e non ho visto la mia foto in TV o sui giornali neanche quella volta che sono fuggito dal laboratorio in California.

Trovo le medicine nel bagno e me le infilo in tasca. Mi concedo il tempo di raccogliere anche lo spazzolino e altri articoli da toletta prima di filarmela. Fuori, sento un odore che non mi piace.

*Pistole.*

Resto perfettamente immobile nell'ombra, concentrando i sensi per identificare il problema, ma tutto ciò che sento sono rumori di gente che si sveglia e si muove, di uccelli che iniziano a cinguettare. Non sento odori di altri mutanti. Aspetto quanto serve, ma con la luce del giorno che si accende pian piano le probabilità di essere visto si fanno più forti. Mi porto tra gli alberi e salto un paio di recinzioni per tornare al furgone.

Spero con tutto il cuore che non mi abbiano visto.

~.~

*Layne*

SAM IERI SERA mi ha detto che stamattina sarebbe andato a prendermi le medicine, ma sono lo stesso delusa di svegliarmi da sola. No: a pensarci bene sono felice che non ci sia, perché ho fianchi e cosce che tremano tantissimo e ci metto un po' a trovare l'equilibrio.

Controllo il morso nello specchio del bagno minuscolo ma pulito. Sono solo due fori, non profondi. Brucia un po', ma la sensazione non fa che solleticarmi. Immagino che il dolore scateni lo stesso genere di endorfine positive di quando mi ha legato le mani per sculacciarmi.

Un fremito che non ha niente a che vedere con la Barrington mi pervade, ricordandomi il mio incredibile amante. Ha sofferto tantissimo, eppure la sua passione scorre ancora a fondo. Ieri notte, ogni volta che iniziava a scuotersi o a ringhiare a letto, gli ho semplicemente messo una mano sul petto o gli ho mormorato qualcosa all'orecchio, e il suo corpo si è calmato.

Ho lavorato sempre sodo nel tentativo di fare la differenza nel mondo. Ho cercato di salvare vite minacciate da innumerevoli malattie. Ma la soddisfazione esoterica che ho sempre immaginato di provare non ha confronti con il piacere di vedere i miei effetti su quest'uomo.

Ma sono un'idiota se penso che vivremo per sempre felici e contenti. Non ho un lavoro a cui tornare, sto scappando dal mio datore di lavoro e forse anche dal governo. C'è chi mi vuole uccidere.

Quindi devo fare quello che ho sempre fatto: studiare una soluzione per uscire dal problema. Apro il portatile lasciato da Sam per vedere se riesco a mettere gli occhi sui dati trafugati dai server della Data-X.

Inclusi i miei.

~.~

*Sam*

PRENDO caffè e muffin da Starbucks prima di tornare all'appartamentino per gli ospiti di Laurie. Layne fa un salto quando entro.

È seduta sul letto con il mio computer, e a quanto pare sta tentando di indovinare la mia password per entrare. Meno male che non ha ancora conosciuto Kylie, hacker straordinaria.

Inarco un sopracciglio. "Che stai facendo?"

Si alza in piedi e si strofina le mani, il che mi contorce lo stomaco. Non voglio che abbia paura di me. Non adesso che siamo andati tanto in là.

"Volevo darti una mano."

Poso caffè e muffin sul comodino e le metto una mano

sotto al mento. Lei dilata leggermente gli occhi, il petto si alza e riabbassa più rapidamente. Colgo il leggero odore della sua eccitazione, come se trovarsi sotto il mio scrutinio la eccitasse. "Non devi più dirmi bugie, Layne" le dico con voce morbida.

Si morsica la parte interna della guancia. "Non è una bugia, non proprio." Le si afflosciano le spalle. "Ok, sì, speravo di copiare la mia ricerca. Ma…"

Le poso un dito sulle labbra per fermarla. "So che la ricerca è importante per te, quindi ti ho promesso che avremmo trovato un compromesso. Tesoro, la mia parola è sincera."

Noto un leggero tremore a testa e collo e affondo subito la mano in tasca alla ricerca delle medicine, maledicendomi per non averle recuperate prima. "Tieni, ricominciamo a prenderle." Le porgo la bottiglietta.

Le tremano le mani mentre svita il tappo. Le passo il caffè e prendo il portatile. Digitando pochi tasti, lo sblocco ed entro nei file della Data-X. Glielo ripasso.

È la mia dimostrazione di fiducia. Ha messo la sua vita nelle mie mani, ha dimostrato fiducia nei confronti di questo lupo folle e vendicativo. È il minimo che possa fare per sdebitarmi.

All'inizio sgrana gli occhi, poi sorride. "Grazie. Ma voglio davvero darti una mano. Cosa stiamo cercando?"

"Qualsiasi indizio che ci conduca a Smyth."

"E cosa ti fa pensare che Nash sappia qualcosa?"

"Quando ho fatto saltare il laboratorio nello Utah, c'era un prigioniero. Un leone: Nash. È scappato. Ho immaginato che fosse un altro soggetto da esperimento, come me. Ma c'è una foto nella sua cartella: guarda." Indico il file a destra. "Vedi? Questo è Nash insieme a Smyth." Entrambi indossano uniformi militari e sembrano amici. Si stringono la mano.

"Dagli appunti, pare che si sia offerto volontario per il programma. E Nash è citato ovunque nella ricerca. Qualcosa sulla creazione di una razza di super-mutanti, di cui Nash sarebbe il super-padre."

Layne rabbrividisce. "È la cosa più spaventosa che abbia mai sentito."

"Lo so. Stronzate da Terzo Reich. Ma immagino che sappia altro su Smyth. O se davvero c'è un collegamento con il governo."

Inarca le sopracciglia. "Pensi sul serio che sia coinvolto il governo?"

Annuisco. "Sì. Come altro spieghi la mancanza di notizie sul laboratorio esploso nello Utah? O la quantità di addetti alla sicurezza nel tuo laboratorio?"

"Ho capito."

Layne apre un altro video dal programma di riproduzione. C'è Nash insieme alla stessa femmina che abbiamo visto prima, solo che stavolta lei sta uscendo dalla gabbia. La videocamera zooma sul collo della donna.

"Merda" dico sussultando.

"Cosa c'è?"

"L'ha marchiata." Se quello che sto vedendo è vero, l'animale di Nash sarà affranto separato dalla sua compagna. "Trova il file della femmina. Si chiama Denali Decker."

Layne naviga nella cartella. Prendo il telefono e mando un messaggio a Kylie: *Leggi file su Denali Decker. Aiutami a trovare anche lei, per favore.*

Ho bisogno di qualcosa da offrire a Nash, e penso di avere appena trovato il mio pezzo di scambio. Se riuscirò ad aiutarlo a trovare la compagna, lui dovrà aiutarmi ad annientare Smyth.

"Quindi hai bisogno di Nash per trovare Smyth. E poi?

Perché vuoi trovare Smyth?" I suoi occhi verdi mi scrutano preoccupati. Conosce già la risposta.

Stringo i pugni. "Quando troverò Smyth, lo ucciderò." Distolgo lo sguardo, così da non vedere la disapprovazione sul suo volto.

È quello che devo fare. Svelare il coinvolgimento del governo è importante. Come anche trovare Santiago. Ma se dovessi morire uccidendo Smyth, considererei la mia vita completa. È stato lui la causa delle mie sofferenze personali. È da tempo che aspetto pazientemente la mia vendetta.

Mi squilla il telefono. È Declan.

"Sono Sam" rispondo.

"Nash ha accettato di combattere" dice senza preamboli. "Alle quattordici di oggi."

Mi alzo dal letto ed esco in modo che Layne non senta. "Ci sarò."

"Io e Parker non pensiamo che dovresti farlo."

"Lo farò."

"Va bene, amico" dice Declan prima di riagganciare. "Sarà il tuo funerale."

# CAPITOLO NOVE

 ayne

DOPO PRANZO SAM mi lascia con il suo portatile e mi dice che deve correre a fare una commissione. All'inizio sono entusiasta di rimanere con la ricerca. Sentendomi solo marginalmente in colpa, la carico su un drive cloud a cui potrò accedere più tardi, ovunque. Sam mi ha assicurato un compromesso e gli credo, ma la ricerca è tutta la mia vita.

Mentre i dati si stanno caricando, un fastidioso senso di inquietudine inizia a pervadermi. Il sole filtra accecante attraverso le finestre. Si sta facendo tardi.

Dove diavolo è Sam?

Qualcuno bussa e faccio un salto.

"Layne? S-s-sono io" dice Laurie. Quando apro la porta, l'alto uomo mi sorride timidamente porgendomi un sacchetto bianco. "Ti ho portato il pranzo."

"Grazie" dico, ma non prendo il sacchetto. C'è qualcosa che non va. Sam è sparito e Laurie non vuole guardarmi negli occhi.

"Bene, allora ti l-l-ascio…"

"Dov'è Sam?"

Laurie sgrana gli occhi. "Ehm…"

Scuoto la testa. "Lo sapevo. Sta combinando qualcosa."

Mi fissa; il pomo d'Adamo sale e scende furiosamente.

Mi metto in punta di piedi, raggiungendo il massimo della mia altezza. "Dov'è, Laurie?"

Abbassa la testa sconfitto. "Non voleva dirtelo… è andato alla fossa. Lui e Nash devono combattere."

~.~

APPENA LAURIE ENTRA NEL PARCHEGGIO, sono fuori dalla portiera.

"A-a-a-aspetta!" mi grida dietro. Con le sue lunghe gambe mi raggiunge subito.

"Non provare neanche a fermarmi" dico con tono secco. Un paio di motociclisti si voltano chiedendosi perché ci sia un'umana nei paraggi, ma non esiste specie al mondo che non riconosca una femmina incazzata, e tornano subito a badare agli affari loro.

"Ferma lì, amorino." Declan appare sulla porta, una mano tesa per fermare la mia avanzata. "Amica, non penso che…"

"Non me ne vado fino a che non vedo Sam" sibilo, allargando il colletto della maglia di lato per mostrare il collo rosso e livido.

"Quello è..." Declan si interrompe, gli occhi fissi sulla cicatrice. Le sue narici si dilatano.

"Un marchio di accoppiamento" mormora Laurie. Le sue lunghe dita spostano un po' di più il colletto per poter esaminare meglio il segno. "Oh, Layne. Congratulazioni."

"Grazie." Caccio indietro un'ondata di emozione. Sam ha degli amici nella comunità dei mutanti, legami più forti di quanto lui creda. "Dovete lasciarmi entrare. Devo fermarlo."

"Là dentro sono tutti matti" mi dice Declan. "Più matti dell'ultima volta. Sam non vorrebbe vederti in pericolo."

"Soprattutto ora che sei la sua compagna" aggiunge Laurie.

L'unica cosa più spaventosa di una femmina arrabbiata è una femmina in lacrime. Penso a quello che io e Sam abbiamo condiviso ieri notte e poi me l'immagino steso e sanguinante, a terra, nella fossa, come ultimo combattente che ha affrontato Nash.

"Oh no!" Gli occhi di Declan diventano quasi più grandi di quelli di Laurie. "Non intristirti. Altrimenti Sam mi ammazza."

"Per favore, fammi passare" dico, e alla fine si spostano dalla porta.

Tutti e due mi seguono come ombre mentre scendo nel seminterrato. La stanza è gremita da una parete all'altra.

"Umana" mi sibila addosso qualcuno, ma li ignoro, andando dritta verso la gabbia dove i due lottatori si affrontano.

Declan e Laurie mi aiutano a passare in mezzo alla calca di corpi, ma raggiungo la recinzione appena in tempo per sentire Parker che finisce di annunciare l'inizio del combattimento.

Sono arrivata troppo tardi.

~.~

*Sam*

LE GRIDA della folla si riducono, trasformandosi in un sommesso brusio, mentre io e Nash camminiamo in cerchio, uno di fronte all'altro.

Gli occhi di Nash luccicano, mostrando costantemente il suo leone. Da vicino nessuno lo scambierebbe per un mutante mentalmente sano.

"Non dovresti essere qui" mi dice.

"Hai ragione." Stringo e sollevo i pugni. Lui sbatte le palpebre ma automaticamente bilancia il peso, preparandosi al combattimento.

"Siamo la stessa cosa, te e io" gli dico, schivando il primo pugno. Potrò anche non essere particolarmente pesante, ma sono veloce nella lotta.

"Ti conosco?"

"No. Ma dovresti. Abbiamo la stessa missione." Gli tiro un colpo poco convinto, perché la folla ci sta gridando di procedere.

Aggrotta la fronte riflettendo sulle mie parole. "Sei delle forze speciali?"

"No. Intendo annientare la Data-X."

Qualcosa gli illumina gli occhi, ma sparisce subito. "Non so di cosa tu stia parlando."

Per un secondo gli credo. È possibile che abbia sofferto un tale trauma da aver cancellato tutto dalla memoria.

"Ero lì la notte che sei fuggito. Un altro lupo mutante ti ha liberato, ricordi?"

Nash non dice niente, ma le labbra si piegano in un ghigno. Se anche lui non ricorda il Progetto Alfa, il suo leone sì. Mi salta addosso, tirando pugni.

"È saltato per aria" dico arretrando, abbassandomi e scivolando alle sue spalle. La folla mi deride.

"Cosa?" La voce di Nash è più un ringhio.

"L'edificio della Data-X. Beh, quello. La cella dove tenevano te e tutte le attrezzature. Non c'è più. Tutto spazzato via dalla faccia della Terra." Penso di sferrargli un pugno al fianco, ma lui mi colpisce la mandibola con un gancio destro che mi fa volare contro alla gabbia.

"Come fai a saperlo?" Mi si scaraventa contro, il pugno serrato.

Mi abbasso e rotolo, rialzandomi dietro di lui. "Sono stato io a mettere le bombe."

Per un secondo Nash mi fissa. Un sacco di gente reagisce così, quando ammetto di aver causato io l'esplosione.

"Non stai mentendo" mormora.

"Ho anche rubato i dati. I file della ricerca, tutto: eliminato dal loro sistema."

Scuote la testa. "Ragazzo… tu sei pazzo."

"Schiaccialo!" grida qualcuno dalla folla. Sono qui per un combattimento. Vogliono più sangue.

Nash sembra ricordare dove si trova. Sposta il peso da un piede all'altro, saltellando. Qualcosa nei suoi occhi mi allerta un secondo prima che il pugno scatti in avanti.

Lo schivo, ma per un pelo. Non posso trattenermi dal sorridere. Se Nash volesse davvero colpirmi, mi colpirebbe. È solo spettacolo.

Faccio un rapido affondo, scansandomi agilmente quando cerca di contrattaccare. Per pochi secondi, tiriamo una serie di colpi rapidi e consecutivi. Un paio di pugni vanno a segno, ma niente di serio.

"È per questo che mi hai sfidato? Per dirmelo?"

"E per chiederti di aiutarmi. Intendo annientarli. Ho bisogno del tuo aiuto per finirli."

Nash inspira con forza. La luce nei suoi occhi avvampa, poi si spegne. "Non posso. Il mio leone non me lo permetterebbe."

"No, il tuo leone lo vuole. Lo stai trattenendo." Faccio scattare i pugni contro di lui e ruoto su me stesso per scansarlo. Quando gli torno di fronte, non è Nash quello che ho davanti.

È il leone.

~.~

*Layne*

LA FOLLA MORMORA ATTORNO A NOI. C'è qualcosa che non va. Nash e Sam si muovono dentro alla gabbia, lottando quasi per finta. Stanno parlando, ma non riesco a capire cosa si dicono.

Poi tutto cambia.

Il pugno di Nash scatta, colpendo Sam alla mandibola. Sussulto vedendo Sam volare contro alla parete della gabbia.

La fossa è scossa dal boato soddisfatto della gente.

"Cazzo" mormora Declan.

Mi spingo avanti fino ad aggrapparmi con le mani alla rete. Sam si è rimesso in piedi, schivando e ondeggiando mentre Nash cerca di colpirlo. Il sangue gli schizza dal naso rotto dopo un altro pugno enorme.

"Dobbiamo fermarli!" grido.

"Troppo tardi, amica. Prega solo che quando Sam andrà a terra, rimanga a terra."

~.~

*Sam*

LA VISTA SI APPANNA, mi asciugo il sudore dagli occhi. Sento pulsare la mandibola, il corpo dolorante. I mutanti si rigenerano piuttosto rapidamente, ma il dolore è dolore. I pugni fanno comunque male.

E se Nash me ne assesta a sufficienza uno dopo l'altro, alla fine cadrò. La pelle si rimarginerà, ma riprendersi da un colpo alla testa può richiedere tempo.

Ho bisogno che Nash guardi il video e mi dica cosa sa. Sono a corto di piste sulla Data-X. Lui è la mia unica possibilità di arrivare a Smyth.

Devo vincere l'incontro.

Nash mi colpisce ancora una volta alla testa. Mi sposto in tempo per incassare il pugno ma non in modo tanto violento da farmi finire al tappeto. Rispondo con qualche stoccata: pugni insignificanti rispetto a quelli tremendi che sa dare Nash.

Ma ho ancora una carta da giocare.

"L'ho vista" dico ansimando quando torniamo a camminare in cerchio uno di fronte all'altro, vicini agli angoli. "La leonessa che hanno messo nella cella con te."

"Una delle tante." Dietro all'espressione vuota, gli occhi sono tristi.

Scuoto la testa. "Non questa. Questa era speciale. Si chiamava Denali."

Nash sbatte le palpebre. Abbandona la posa da lottatore e gli si illuminano gli occhi. Ricorda.

"Esatto" dico con voce calma. "Te la ricordi, vero? Anche se così non fosse, il tuo leone non l'ha dimenticata."

"Mi costringevano." Respira affannosamente. "Mi mettevano femmine nella cella e mi costringevano a…"

"È stata più di questo per te" insisto, anche se le spalle di Nash si piegano e il suo corpo reagisce per proteggerlo dal ricordo. "Ecco perché lei la ricordi. Denali."

"No" ringhia. "Non pronunciare il suo nome."

"Ho visto il video, Nash. So cos'era per te. Così come il tuo leone, sebbene tu ti stia sforzando di dimenticare."

"Era solo una delle tante" dice Nash esplodendo. "Un'altra femmina con cui dovevo accoppiarmi. Abbiamo passato insieme una notte."

"Una notte basta" dico con calma. Con la coda dell'occhio vedo un volto familiare. Layne. È attaccata alle sbarre e mi chiama. Nash è pericoloso, instabile. Una bomba che sta per esplodere. Ma sono vicinissimo al risultato.

Faccio un respiro profondo e accendo la miccia. "Non ti sei solo accoppiato con lei, Nash. L'hai marchiata."

~.~

*Layne*

. . .

"No!" Il grido risuona nella fossa, un ululato di angoscia che zittisce la folla.

Un leone esplode dalla pelle di Nash e si scaglia contro Sam. La folla erompe.

"Non ci posso credere. Ha vinto" dice Parker sottovoce.

"Per un dettaglio tecnico, certo, ma una vittoria è una vittoria." Declan scuote la testa.

"Cosa?" Mi metto in punta di piedi.

"Ha indotto Nash a tramutarsi" mormora Laurie.

"Oh mio Dio" grido. Il leone si accuccia, gli artigli piantati nel petto di Sam. Afferro il braccio di Parker. "Aiutatelo!"

Declan e Parker sono già in azione, diretti alla gabbia con me alle calcagna.

"Dobbiamo levargli Nash di dosso" grido.

"Cazzo!" impreca Declan. "Se gli artigli gli affondano nel cuore, non potrà rigenerarsi."

Entriamo nella gabbia e Parker e Declan rallentano guardando la scena: l'enorme leone ruota la testa e ci ringhia. Le gambe mi si trasformano in gelatina.

"Nash, lascialo andare" esclama Parker, ma né lui né Declan si avvicinano di più.

Sam annaspa, il sangue che scorre.

"Levati" strillo, correndo verso la bestia. "Levati da lui."

La gigantesca testa dell'animale si gira verso di me; i suoi pazzi occhi dorati mi scrutano.

"Non puoi ucciderlo." Mi scosto il colletto della maglietta per mostrare la ferita rossa, già mezza guarita e cicatrizzata. "Mi ha marchiato, vedi? È il mio compagno. *Il mio compagno.*"

Per un orribile secondo mi aspetto che il leone apra quella mandibola letale e mi divori. Invece la sua grande testa ha uno scatto. Gli occhi tornano a una luce normale. Il leone si ritrae, lasciando Sam in preda alle convulsioni sul pavimento. Un fiotto di sangue rosso gli esce dal petto. Mi getto in ginocchio accanto a lui, le mani premute sul suo petto per fermare il flusso.

"Oh, ti prego. Oh, ti prego."

"Usa questa." Laurie si inginocchia accanto a me e mi offre la sua maglietta. È alto ma anche magro, troppo magro per un mutante. Il corpo è ricoperto di cicatrici. In un lampo memorizzo il suo petto in ogni dettaglio. Il mondo sta rallentando, la folla fuori dalla gabbia sta svanendo. Non c'è niente che conti, oltre all'uomo che mi sta morendo sotto alle mani.

"Non puoi morire" dico a Sam. Proprio come con mia madre. L'ho guardata andarsene. Non ho potuto salvarla.

"Layne." Qualcuno sta chiamando il mio nome.

"Layne" ripete Parker accucciandosi accanto a me. "Le ferite si possono rimarginare" mi dice. "È un lupo. dovrebbe riuscire a guarire."

"Se muore, non ti perdonerò mai" dico con tono secco, rivolta al mutante dai capelli grigi.

"Se muore, non ci perdoneremo noi stessi." Declan si inginocchia dall'altra parte di Sam, aiutandomi ad arginare la ferita.

Sam sussulta sotto alle mie mani, tossendo sangue.

"Ecco, lupacchiotto, butta fuori." Declan e Laurie aiutano Sam ad alzarsi un poco.

"Non muovetelo…" inizio a dire, ma Parker mi trattiene.

"No, va tutto bene. Gli artigli sono fuori. È iniziato il processo di guarigione."

Sam tossisce, il volto riprende colore. Ha il corpo ricoperto di sangue.

"Ci hai fatto prendere un colpo, lupetto" dice Declan. "Nash ha cercato di infilzarti come un kebab."

Sam sorride debolmente. "Ho passato di peggio."

Non so se ridere, scoppiare a piangere o prenderli tutti a pugni.

"Cos'è successo?" chiede Sam con voce roca.

"Hai vinto. Hai fatto tramutare Nash. E poi sei quasi morto" spiega Laurie. "Nash non ti avrebbe lasciato andare. È stata Layne a levartelo di dosso."

"Mai visto niente del genere. Ha affrontato il Re delle bestie" dice Declan.

"Glielo... gliel'avete permesso?" Sam si sforza di inspirare.

Mi libero dalla presa di Parker e premo le dita contro alle labbra insanguinate di Sam per farlo stare zitto. "Non potevano fermarmi."

"Signore e signori" annuncia Parker. "Vi comunico il vincitore di questo incontro: Sam Smith!"

La folla erompe in un misto di grida e fischi.

"Farete meglio a portarlo fuori di qui" dice Parker. "Con la vittoria di Sam, un mucchio di gente ha perso la scommessa ."

Laurie e Declan si scambiano uno sguardo.

"Meglio che ce ne andiamo tutti" dice l'irlandese.

"Attenti" mormoro mentre Declan e Laurie sollevano Sam tra le braccia. Sam sembra già stare meglio, e questo mi solleva.

Perché quando saremo soli, giuro che lo ammazzo.

~.~

*Sam*

PARKER CI SPINGE FUORI dalla gabbia, chiamando le ragazze sexy con i bikini leopardati perché vengano a ballare al nostro posto. Laurie, Declan e Layne mi stanno addosso, spingendo tra la folla. Ovunque guardi trovo volti ostili e ringhianti.

"Corriamo" ci consiglia Declan, quindi allunghiamo il passo fino alla porta sul retro, quella usata dai combattenti. Quattro grossi buttafuori ci fanno muro alle spalle, bloccando la folla e impedendo che ci attacchino.

"Da questa parte." Parker ci accompagna fino allo spogliatoio. Apre un armadietto per prendere una cassetta del pronto soccorso, che lancia su una panca. "Fatelo stendere. Bendatelo."

"Sto bene, sto bene." Do un colpo alle mani di Laurie.

Layne spinge Laurie da parte e mi si mette davanti. "Non stai bene" dice a denti stretti. "Sei quasi morto."

"Sto guarendo" le dico con voce calma, ma lei mi ignora, infilandosi velocemente i guanti e afferrando una fascia rosa.

"Ti porto della carne" dice Parker, poi sparisce.

Declan e Laurie restano indietro mentre Layne lavora.

"Non avevo mai avuto perversioni per le dottoresse prima" dice Declan.

"Sarà meglio che non inizi adesso" ringhio, sussultando mentre Layne mi stringe la benda con un movimento secco. Ci vorranno un sacco di fiori e cioccolatini per guadagnarmi il suo perdono. Ma non posso evitare di sentirmi piacevolmente a mio agio tra le cure della mia compagna.

"Dateci un momento" ordina Layne, e i due scompaiono nella stessa direzione in cui è andato Parker.

Layne si china verso di me, le guance arrossate. Vedo i seni mossi dal respiro ansimante, sotto alla maglietta sottile.

Come se sapessero che li sto guardando, i capezzoli sporgono, visibili sotto al reggiseno e alla maglietta. L'adrenalina mi scorre dentro vedendo l'effetto che ho su di lei.

"Sai" dico, facendo scorrere la mano dietro alla sua gamba. "Alcune donne si eccitano guardando i lottatori." Che mossa stupida. Flirtare con una femmina arrabbiata è stupido come tentare di provarci con una che ho appena rapito. E ottengo quello che mi merito.

Si leva i guanti e li usa per schiaffeggiarmi. "Sei fortunato che non ti stacchi la testa dal collo. Cosa pensavi di fare, mettendoti a combattere contro Nash?"

Cerco di sollevarmi piantandomi sui gomiti, ma lei mi posa una mano sullo sterno e mi preme giù. "Mi spiace. Non te l'ho detto perché non volevo preoccuparti. È l'unico modo che mi è venuto in mente per parlarci."

Scuote la testa e io mi irrigidisco vedendo le lacrime riempirle gli occhi. Preferirei di gran lunga avere qui Nash che mi trafigge ancora il cuore, piuttosto che continuare a ferire la mia femmina.

"Sam, sto morendo." Un rinnovato dolore mi trapassa le ferite che si stanno rimarginando. "Non so quanto mi resti. Un anno, prima di perdere il controllo del corpo? Un altro anno perché degeneri anche il cervello, facendomi diventare come un vegetale? Ho visto mia madre passarci, e non è un bel vedere." Scuote la testa. "Non potrei chiederti di vivere un'esperienza del genere."

"Layne, cosa stai dicendo?"

"Non posso farlo. Non posso avere una relazione."

Gesù Cristo. Mi sta mollando. Anche se non ho niente da offrirle, ogni organo del mio corpo si rivolta, pronto a smettere di funzionare in protesta all'abbandono.

Solo che... sembra ancora incazzata. Il che significa che devo avere una possibilità. Una femmina arrabbiata è tutt'altra cosa rispetto a una rassegnata. Significa che le importa.

Mi punta un dito al centro del petto. "Ma *tu*, tu *non* stai morendo, Sam Smith. Sei un lupo giovane, intelligente, attraente ed estremamente in gamba, con tutta la vita davanti. *Non* butterai via la tua vita in questa tua stupida impresa."

La fisso, insicuro su quale parte del discorso porre l'attenzione. *Giovane, intelligente, attraente?* Il mio lupo vorrebbe fare una piccola danza da cucciolo tra le sue gambe. Ma poi assorbo il resto delle parole.

"Non è una stupida impresa."

La dottoressa Layne Zhao sarà anche testarda... ma non ha idea di quanto io possa fissarmi su una cosa. Ho giurato di non fermarmi fino a che non avrò eliminato Smyth, e intendo andare fino in fondo.

La combattività abbandona Layne e le si afflosciano le spalle, il che è molto, molto peggio che vederla incazzata. "Non intendevo in questo senso. Capisco che anche tu stai tentando di aiutare delle persone. Stai cercando di evitare ulteriori ingiustizie, ed è una causa nobile, ma a quale prezzo?" Allarga le braccia, lo sguardo implorante. "Non vale la pena perderci la vita."

Sento nel petto un blocco grande come un mattone che non vuole spostarsi, nonostante le parole di Layne. Colpire Smyth *è* lo scopo della mia vita. Non mi interessa se così morirò. A dirla tutta, ho sempre pensato che sarebbe finita così.

"Layne..." Mi massaggio la fronte. "Non ho una vita. Sono distrutto. Smyth mi ha spezzato prima ancora che diventassi un uomo. Hai visto Declan, Laurie e Nash. Anche loro sono spezzati. Non ho niente per cui vivere. Non l'ho mai avuto. Quindi io e te siamo la stessa cosa. Tu stai usando le tue ultime ore per portare avanti la scienza e salvare delle vite. Io le sto usando per mettere fine a tutto questo."

Una lacrima le riga il volto, ma poi mi dà un colpo sul lato illeso del petto. "Ti sbagli! Non sei spezzato, ma solo danneggiato. E se c'è una cosa che ho imparato oggi, è che i lupi guariscono. Quindi guarisci, dannazione. Hai degli amici che ti vogliono bene. Hai…" Si ferma e deglutisce. "Hai me. La tua compagna."

Mi alzo e la abbraccio, stringendola al petto. L'odore delle sue lacrime fa agitare il mio lupo, che vorrebbe emergere per sistemare tutto. "Davvero? Pensavo stessi tentando di dirmi addio."

Mi dà un altro colpo sul petto. "Sarà un addio se farai un'altra cosa del genere!" grida tra le lacrime.

"Piccola." La stringo ancora di più, accarezzo i suoi capelli d'ebano. "La mia bellissima dottoressa. Scusa se ti ho fatta arrabbiare."

Cerca di staccarsi da me. "Non dire che ti spiace di avermi fatto arrabbiare. Dimmi piuttosto che la *smetterai*. Dimmi che onorerai la vita che hai. Se non per te, allora per me. Perché io non potrò averne una."

Mi si chiude la gola e mi bruciano gli occhi. Affondo il viso tra i suoi capelli. "Prometto" mormoro con voce soffocata.

Qualcuno si schiarisce la gola. I ragazzi sono tornati. Declan e Laurie sembrano un po' rapiti dalla vista di me e Layne. Parker avanza con un piccolo frigo malconcio e lo posa sulla panca.

"Ecco qua" dice. "Carne fresca. Devi rifarti un po' di sangue."

"È un bene mangiare adesso?" Layne sembra stupita davanti al succoso taglio di carne cruda che prendo dal frigo.

"Oh sì" gemo, addentando la bistecca. "Cibo per gli dei."

"Nash se n'è andato" dice Parker. "Ha anche lasciato dei graziosi segni d'artiglio sulla porta. Ma mi ha appena mandato un messaggio con luogo e ora."

"Significa che…" Layne si interrompe.

Parker annuisce. "Ha accettato di incontrarti."

# CAPITOLO DIECI

NASH VIVE in un caravan molto simile alla casa mobile di Sam, posizionato sul versante di una collina.

L'ex soldato si porta sulla veranda quando il furgone di Sam si ferma e parcheggia. È scalzo e indossa una tenuta da combattimento e una maglietta verde militare. Tiene le braccia incrociate sopra al grosso petto mentre tutti smontiamo dal veicolo e ci portiamo davanti a casa sua.

"Ho cercato di farli restare a casa" dice Sam, puntando il pollice in direzione di Declan e Laurie.

"Siamo una squadra" dichiara Declan. "E poi ho portato del liquore."

Si sente un leggero rombo salire dal petto di Nash, ma subito si interrompe e indietreggia per permetterci di entrare.

"Sei pazzo?" chiedo a Declan mentre tutti e quattro passiamo in fila dalla porta.

L'irlandese scrolla le spalle. "Sei stata tu a domare il gattino."

Nash si volta e lo fulmina con lo sguardo. "Ti ho sentito."

"Oh, guarda, il branco è tutto qui" dice Parker dal divano. Alza una tazza rossa in segno di brindisi.

"Non siamo un branco" dice Nash.

"Parla per te" dice Declan, mettendomi un braccio attorno alle spalle. "Noi siamo una bella squadra variegata, vero amore?"

Sam ringhia.

"Penso che a Sam non faccia piacere che mi chiami 'amore'." Con pollice e indice afferro la manica di Declan e gli sollevo il braccio dalle mie spalle.

"No, lupacchiotto? Hai intenzione di sfidarmi per la signorina?"

Alzo un dito prima che Sam possa rispondere. "Lascia che metta in chiaro una cosa. Non mi piace che mi chiami così. Quindi piantala. Capito?"

"Giusto." Sempre sorridendo, Declan si ritrae. "Limpido come l'aria."

Laurie ride.

Lancio anche a lui un'occhiataccia, giusto per chiarezza.

"Allora, Layne" chiede Parker. "Come vi siete incontrati tu e Sam?"

Mi volto verso il mutante dai capelli grigi. "Ha fatto irruzione nel mio laboratorio, ha rubato la mia ricerca e mi ha rapita."

A Laurie va di traverso quello che sta bevendo.

"Poi gli ho sparato con una pistola tranquillante e l'ho lasciato a bordo strada. Ma è ricomparso in tempo quando quelli della Data-X stavano per ammazzarmi, e mi ha salvato la vita." Scrollo le spalle. "Da allora siamo inseparabili."

"Capisco" dice Parker.

Sam si schiarisce la gola. "Per quanto questa graziosa seratina mi sembri gradevole, io e Nash abbiamo bisogno di parlare in privato." Solleva la valigetta col portatile. "Devo fargli vedere una cosa. Una cosa personale."

"Fate pure" dice Declan agitando una mano. Ha tirato fuori la bottiglia e va a sedersi vicino a Parker, dove versa un bicchiere a Laurie. Qualsiasi cosa sia quel liquido trasparente, sa di trementina.

Scuoto la testa. Questi sono tutti suonati.

"Possiamo parlare qui" dice Nash, indicando con uno scatto della testa un corridoio che conduce dall'altra parte del caravan.

"Layne." Sam mi porge la mano.

"Sicuro?" gli chiedo con il movimento delle labbra. Annuisce. Quando gli prendo la mano, la stringe.

Nash ci porta in una stanza sul retro: una camera da letto. Sam non esita e si siede subito, aprendo il portatile.

"Ecco il video." Ruota lo schermo verso Nash, gli porge un paio di cuffie e poi si alza, avvicinandosi a me e spingendomi in corridoio. "È bene che lo veda da solo."

Annuisco e lascio che Sam mi stringa tra le braccia. Non ho bisogno di vedere o udire per sapere cosa c'è sullo schermo: è il video di Nash con la sua compagna.

Sam mi stringe per qualche minuto. Abbiamo lasciato la porta aperta e ogni tanto lancio un'occhiata al viso di Nash. L'espressione è vuota ma gli occhi lampeggiano.

Alla fine si leva le cuffie. "Dov'è?"

"Non lo so. Tutto quello che so è quello che hai visto anche tu. Non l'ho guardato" chiarisce Sam. "Ho mandato avanti la maggior parte del girato, ma alla fine è chiaro che l'hai marchiata."

Nash rimane seduto per qualche secondo, così immobile che mi chiedo se stia respirando o no.

"Non me la ricordavo" dice, schiarendosi la gola. "L'avevo dimenticata. Mi ero costretto a dimenticare. Ma in qualche modo ho sempre saputo."

"È la tua compagna" dice Sam. "È viva. La sua cartella dice che è scappata. Ti aiuterò a trovarla, ma prima dobbiamo fermare Smyth."

Lo sguardo di Nash si fa di nuovo concentrato. "Cosa vuoi da me?"

"Non so dove sia. Il file dice che siete arrivati alla Data-X dall'esercito. Ho bisogno di un modo per rintracciare Smyth. Non ho nessuna pista. Speravo che potessi dirmi qualcosa che mi desse un'idea di come rintracciarlo fuori dalla Data-X."

"Ci puoi raccontare come hai conosciuto Smyth?" gli chiedo. "È successo dopo che hai lasciato le forze speciali, giusto?"

Nash guarda lontano. "Ero... disperato. Soffrivo di disturbo post-traumatico da stress dopo l'Afghanistan, e avevo un leone che adorava uccidere. Avevo bisogno di aiuto. Smyth era un medico dell'esercito. Mi ha detto che mi avrebbe aiutato."

"Lo ha detto anche a me" dico. "Sono finita a lavorare con lui, fino a che Sam non è arrivato e mi ha mostrato la verità."

Nash annuisce.

"Ho continuato a pensare che stesse eseguendo una qualche forma di risanamento della mia condizione. Faceva dei test: test di resistenza, test sulla soglia del dolore. Non era un problema per me, ma continuavo a stare malissimo, cazzo. Ho iniziato a fare più domande.

"Smyth mi dava le risposte sbagliate. Mi sono accorto che non stavano tentando di aiutare i soldati a riprendersi dalla guerra, ma che stavano conducendo esperimenti per creare super-soldati. Volevano duplicare i poteri di rigenerazione dei mutanti e applicarli agli umani. Mi sono assunto il compito di perquisire la struttura di ricerca. È stato lì che ho trovato gli altri soggetti da esperimento. La maggior parte stava morendo per gli esperimenti di Smyth. Alcuni erano giovani, a mala-pena adolescenti. Il mio leone è uscito e sono andato a caccia di Smyth."

Serra la mandibola. "A quel punto sono diventato un prigioniero pure io. E non ho più potuto aiutare nessuno." Guarda fuori dalla finestra. "Non ho più potuto aiutare... *lei*."

"Si è arrangiata ad andarsene. È libera, ma non al sicuro. Nessuno di noi lo è. Non fino a che non elimineremo Smyth" dice Sam.

La luce di follia torna a ravvivargli gli occhi. "E allora eliminiamo Smyth" dice con tono cupo.

Sam annuisce. "Tu aiutami a trovarlo e io ti prometto che ti porterò la tua compagna."

# CAPITOLO UNDICI

am

"Andiamo." Afferro la mano di Layne e usciamo dalla casa di Nash. Laurie, Declan e Parker stanno ancora bevendo quel liquore puzzolente che Declan ha tirato fuori da chissà dove. Provo quasi pena per Nash, ma poi ricordo la sensazione dei suoi artigli sul petto.

Qualche canzoncina irlandese per sbronzi potrebbe far bene al leone. Può sempre buttarli fuori quando vuole.

"Dove stiamo andando?" chiede Layne, che cammina al mio fianco. La accompagno a una motocicletta, una vecchia Triumph su cui Declan ha fatto dei lavoretti. Mi ha fatto giurare sul mio fegato che gliel'avrei riportata tutta intera.

Si sentono risuonare le incerte note di *All for me Grog* dei Dubliners. Dubito che Declan si accorgerà se tarderemo un pochettino.

"Una moto? Sul serio?" Layne si illumina.

Le porgo un casco. "Ci sei mai salita?"

"No, ma l'ho sempre desiderato."

"Monta su, dolcezza." Quando si è messa comoda, faccio in modo che mi stringa le braccia attorno. "Sei a posto?"

"Sì! Non dovresti metterti un casco?"

Scrollo le spalle e faccio scattare la moto in avanti, crogiolandomi nel grido di piacere della mia compagna. Procediamo veloci, prendendo la panoramica per la spiaggia di La Jolla e fermandoci solo per prendere da mangiare a un negozio dove Layne può comprare anche un costume da bagno.

"Grazie." Mi stringe prima di smontare dalla motocicletta. La seguo come un cucciolo, con un largo sorriso da babbeo in viso, ma non me ne frega niente.

Poche ore dopo sto pensando che portare Layne in spiaggia non è stata la migliore delle idee.

Vederla danzare tra le onde dell'oceano con quel suo minuscolo bikini blu sta mettendo a dura prova la mia forza di volontà. Continuo a fissare il triangolo che copre il luogo dove vorrei stare.

Ma non si tratta di me.

La rabbia che Layne mi ha dimostrato ieri mi ha rivelato la dura realtà della sua vita: non durerà a lungo.

Non durerà a lungo e lei l'avrà vissuta a malapena. Se n'è stata rintanata in un'aula o in un laboratorio per tutto il tempo.

Quindi ho deciso che quel che è troppo è troppo. Potremmo anche non avere un futuro, ma abbiamo questo momento.

Oggi.

Le devo un po' di divertimento dopo averla fatta arrabbiare con il combattimento di ieri. Non posso mettere da parte la missione di liberare il mondo dalla malvagità di Smyth, ma posso fare in modo che Layne provi qualcuna delle gioie della vita nel sud della California.

Corro lungo la spiaggia e la afferro per la vita, portandola dove l'acqua è più fonda.

Lei grida e mi stringe le gambe attorno ai fianchi, proprio come avevo immaginato. Mi fermo quando un'onda si infrange sui nostri corpi e poi ci porta avanti. Le nostre labbra si fondono. Sa di sale e sole e del dolce gelsomino che le impregna i capelli.

"Non avrei mai immaginato di finire qui" mi confessa.

"Dove?"

"Non dove. A fare questo. Ad amoreggiare romanticamente sulla spiaggia con il mio ragazzo."

Le parole *il mio ragazzo* non dovrebbero far saltare i razzi nel cielo tutt'attorno a me. Sono un lupo. Noi non ci fidanziamo: noi ci accoppiamo. Ma sono così fottutamente orgoglioso di essere questo per lei, che il mio corpo appena riparato quasi esplode.

Premo la fronte contro alla sua. "È *romantico*? Lo speravo, ma non ne ero certo." Rieccoci. Non ci so fare. Un maschio alfa non ammetterebbe mai una debolezza. Neanche alla sua femmina.

Ma a Layne non sembra interessare che non sono un alfa.

"Sai cosa non capisco?" le chiedo.

"Cosa?"

"Come abbiano fatto i maschi nel raggio di cinquanta chilometri da casa tua a non buttare giù la porta per reclamarti. Hai idea di quanto sexy sei con questo bikini addosso?" Ho comprato costumi per entrambi nel negozietto venendo qui, dato che nessuno di noi era attrezzato per la spiaggia.

Le cosce di Layne si stringono attorno ai miei fianchi e ci baciamo ancora. Tutto ciò cui riesco a pensare è che solo un misero strato di stoffa mi sta tenendo separato dal luogo dove voglio stare.

Gemo. "Sul serio, dolcezza. Dovrai fermarti se non vuoi che ti metta carponi sulla sabbia e ti sbatta fino a farti gridare pietà." Lascio scivolare più in basso le sue anche, portando il suo inguine a contatto con al mio sesso duro.

Stringe di nuovo l'interno coscia, i capezzoli diventano turgidi. Quando ruota il bacino per strusciarsi contro di me, quasi perdo l'equilibrio. "Anzi, non ti fermare. Continua a strofinare quella dolce fica sul mio uccello e troverò il modo di farti venire."

La porto verso la spiaggia, scrutando i dintorni in cerca di un posto, un posto qualsiasi dove poter stare da solo con lei. Ma la spiaggia è gremita di gente. Cambio direzione e torno in acqua, proseguendo fino a che ci arriva al petto. Un'onda ci travolge, e faccio un salto per tenere le nostre teste sopra la superficie.

"Che ne dici di stare qui?" Le prendo il culo tra le mani e la aiuto a strusciarsi con più vigore contro alla protuberanza che mi sporge dal costume. "Avresti mai pensato di scoparti il tuo ragazzo alla luce del giorno nell'oceano?"

"No" dice ansimando. "È quello che intendiamo fare?"

Scruto il suo volto, ma non vedo alcun segno di preoc-cupazione o riluttanza. Solo puro desiderio. Le lecco l'acqua salmastra dal collo e spingo contro alla stoffa blu. "Non ho il preservativo" ammetto con riluttanza. Comunque non sono mica sicuro che terrebbe nell'acqua salata. "Ma scommetto un giro in mongolfiera che ti faccio venire lo stesso."

Ride, e quel sorriso le illumina il bellissimo volto. "Un giro in mongolfiera?" Piega la testa indietro come a volerne cercare una adesso in cielo.

È quello che ho prenotato per il pomeriggio – un volo al

tramonto su Del Mar – ma prima devo accertarmi che non soffra di vertigini.

"Procedi, lupacchiotto" mormora con voce roca.

Sposto le mani; facile adesso che l'acqua sostiene la maggior parte del peso. Una mano resta al centro del suo sedere e con il pollice dell'altra inizio ad accarezzarle il clitoride. "Tieniti al mio collo, dolcezza. Se hai bisogno di piantare le unghie da qualche parte, fai come fossi a casa tua. Ed eventuali morsi mi faranno solo impegnare di più per darti il tuo orgasmo, tesoro."

Socchiude le palpebre. Gocce d'acqua le coprono il viso, luccicanti come diamanti sulle palpebre, sulle guance, sulle labbra. È una dea del mare adesso, una divinità femminile.

Infilo il medio tra le natiche, sopra alla stoffa del costume, fino a che non trovo gli stretti muscoli dell'ano.

Mi dona un grido roco nel momento in cui lo tocco e premo al contempo, facendole vibrare il clitoride. Oscilla il bacino, cavalcandomi come una puledra selvaggia. Continuo a stuzzicarla, alternando tra ano e clitoride, fino a sentirla gemere mentre mi strofina quelle tette perfette contro al petto, le unghie che mi graffiano la schiena.

"*Sam*."

"Esatto, dolcezza. Di' il mio nome prima di venire. Ricordami chi ti ha marchiata."

"Sam, sì, Sam!" Ansima, dimenandosi contro di me, gli occhi serrati poi aperti e sgranati, come se la potenza dell'orgasmo l'avesse sorpresa. "Ohhh, oh." Quando è finito, geme e il suo corpo si rilassa contro al mio. Mi morde un orecchio. "E tu, lupacchiotto?"

"Non sono sicuro che mi piaccia sentirti usare il soprannome coniato da Declan" dico con tono asciutto, ma le mie labbra sono curvate in un sorriso. La porto fuori dall'acqua per farla adagiare sui teli da mare che ho comprato.

Mi siedo velocemente per nascondere l'erezione. "Riscuoterò il pagamento da questo tuo corpicino sexy più tardi" le prometto.

Le si dilatano gli occhi e si lecca le labbra. "Mi piace un sacco quando mi fai pagare."

Apro il sacchetto col pranzo per il picnic per distrarmi dal bisogno di farla mia venti volte in rapida successione.

Di fronte a tutti, proprio qui sulla spiaggia.

Giù, amico. Questa è la giornata di Layne. Apro la confezione delle fragole e gliene metto in bocca una, guardando il succo colarle tra le labbra. Lo lecco e poi gliene passo un'altra.

"È da quando c'era mia mamma che non venivo al mare" dice Layne.

Resto immobile. "No?"

Scuote la testa. "Mia madre adorava l'oceano. Mi portava alla Baker Beach. Ci stavamo tutto il giorno e giocavamo tra le onde."

Le prendo la mano e la stringo. "È dura? Essere di nuovo in spiaggia?"

Scuote la testa. "No. È perfetto. Tutto in questa giornata è perfetto, Sam. Grazie." Chinandosi in avanti, mi bacia a lato della bocca.

Scarto un panino e glielo porgo. "Non è mica finita qui."

"Davvero? Cos'altro c'è?"

"Ricordi la scommessa?"

~.~

*Layne*

·  ·  ·

NON AVEVO idea che una piscina potesse avere la forma di un piccolo pianoforte a coda. Ma eccola qui. La vedo dall'interno di una mongolfiera che ci porta sopra ai cortili della gente ricca e famosa. E si scopre che la piscina a pianoforte è stata voluta da Liberace per la casa che poi ha venduto anni fa.

Tengo la mano stretta nell'incavo del gomito di Sam e mi metto in punta di piedi per sbirciare oltre il bordo del cesto. "Guarda lì!" esclamo per la quarantacinquesima volta.

Sam non sta guardando il panorama. Guarda me. E ha un'espressione dolce e contenta che non gli ho mai visto prima in volto.

Gli getto le braccia al collo e lo bacio. "Grazie" sussurro. Ci sono altre persone nel cesto e non voglio che sentano il nostro momento di privacy. "So cosa stai facendo."

Mi stringe al suo corpo slanciato e potente. "Cosa sto facendo?"

"Mi stai facendo fare cose che bisognerebbe provare almeno una volta nella vita."

La sua stretta si fa più salda e lo sento inspirare con forza, ma non dice nulla.

"Se avessi una lista delle cose da fare almeno una volta nella vita – cosa che non ho – conoscere te sarebbe in cima a tutto" mormoro.

Non sono mai stata tipa da spiattellare tranquillamente quello che provo, ma è come se udissi il ticchettio dell'orologio che scandisce il tempo rimanente alla mia dipartita. A quella di Sam. Perché ho la sensazione che non sia ancora fuori dalla mischia. Non c'è tempo per trattenersi e fare con calma. Se voglio provare cosa voglia dire avere una relazione – avere un amore – prima di morire, ora è il momento.

Sono in una mongolfiera con l'uomo più incredibile che abbia mai conosciuto.

Sam non risponde ma respira affannosamente, come se faticasse a gestire le emozioni. So che la mia malattia è difficile da accettare, è una brutta stronza.

Appoggio la guancia sul suo petto e guardo il panorama che scorre ai nostri piedi, mentre fluttuiamo appena sotto alle nuvole.

"Anch'io" dice alla fine con voce roca.

Sollevo lo sguardo su di lui. Gli occhi azzurri sono chiari, ma quel mondo di dolore che ci ho visto dentro al nostro primo incontro è ancora più profondo.

"Allora le nostre vite sono complete." Sto cercando di alleggerire l'atmosfera, ma non ci riesco. Ci fissiamo.

Qualcosa dentro di me sta gridando: *Non ho ancora finito! Ho altro da vivere!* Ma non è una scelta che mi è concessa.

Non posso scegliere per me e, per quanto lo vorrei, non posso neanche far scegliere Sam per sé.

# CAPITOLO DODICI

*am*

PENSAVO di aver sofferto abbastanza in questa vita, ma sto letteralmente morendo dentro. Com'è possibile che la giornata con Layne sia stata così bella e così dolorosa allo stesso tempo?

Il mio lupo vuole combattere, ma non c'è nessuno da fare a pezzi. Nessuno da punire per la malattia di cui soffre. Quella che la porterà via troppo presto dalla sua vita.

La tengo tra le braccia o comunque il più possibile vicina a me per il resto della nostra avventura: il brindisi con champagne dopo l'atterraggio e il ritorno in moto.

E lo stesso mi sto richiudendo in me stesso. Senza una lotta, il mio lupo vuole la seconda migliore opzione: correre. Il clangore di ingranaggi e macchinari mi imperversa nelle orecchie, facendosi sempre più forte con il passare dei minuti.

Riesco in qualche modo a tornare alla casa per gli ospiti

di Laurie, ma quasi non odo Layne quando parla, e non so neanche se sto rispondendo.

Il telefono squilla e rispondo subito.

"Dimmi qualcosa di meraviglioso." Si sentono i vagiti di un bambino dietro alla voce compiaciuta di Kylie.

Esco per parlare al telefono lontano da Layne. "Cos'hai trovato?"

"Un altro laboratorio. Sono piuttosto certa che sia il quartier generale."

"Dove?"

"È un laboratorio privato, ma ho seguito una pista di finanziamenti che mostra denaro in entrata dal Messico e dal governo statunitense."

"Dimmi *dove*." Il cuore mi batte all'impazzata.

*Ecco.*

Inseguire Smyth. Ecco di cos'ha bisogno il mio lupo. Volevo qualcuno da punire, e ora ho lui. Non è responsabile della malattia di Layne, ma ha mandato degli uomini a ucciderla. Mi pare che ci andiamo abbastanza vicino. Questa è l'unica cosa che posso fare per fare la differenza per Layne. Per il mondo.

"Aspetta un secondo."

Mi passa Jackson al telefono. "Non ci vai da solo." Usa il suo tono alfa con me, che modera leggermente la mia aggressività.

"No. Ho dei rinforzi." Non è del tutto una bugia. Nash ha accettato di venire.

Jackson rimane in silenzio per un momento. Probabilmente sa che sono nella merda fino al collo. "Non mi piace. Voglio che aspetti Garrett e il branco. Vorranno esserci anche loro."

"*Dov'è questo laboratorio del cazzo?*" dico a denti stretti.

"Temecula." C'è riluttanza nel tono di Jackson, ma riconosco la mia vittoria. Mi daranno l'indirizzo.

"Garrett e il branco potranno prendere un volo domattina presto. Oppure faranno la strada in macchina durante la notte."

Vaffanculo. Io non aspetto certo domattina.

"Mandami l'indirizzo." Tento di assumere un tono alfa.

"Non fare mosse avventate. So che è una questione personale per te. È in situazioni del genere che si prendono le decisioni peggiori."

"Sì, è personale. È per questo che mi mandi quell'indirizzo. *Ora.*"

Jackson impreca. In genere non sono così insolente con il mio alfa, ma penso che sia per questo che capisce quant'è importante per me. "Kylie ti manderà un messaggio. Tieni quel cazzo di telefono acceso, così possiamo contattarti."

"Va bene." Sono senza fiato, l'adrenalina già mi scorre in corpo. "Grazie."

Quando termino la chiamata e mi giro, trovo Layne sulla soglia con un'espressione preoccupata in volto.

Dannazione. Non è così che volevo concludere la nostra giornata insieme.

"Stai per andare a rischiare di nuovo la vita, vero?" Il tono è piatto. Morto.

Mi sarei dopo reso conto che avrei dovuto prestare più attenzione alla sua reazione, che avrei dovuto dare ascolto ai brividi di avvertimento che mi scorrevano lungo la spina dorsale. Ma sono infervorato dall'aggressività del mio lupo, sento quasi il sapore della vittoria in bocca.

Layne magari non capisce, ma lo sto facendo per lei.

"Starò attento." Mi infilo le mani in tasca.

Scende dai gradini. "Sam, non ce n'è bisogno."

"Devo fermare Smyth."

"Lo so, e lo voglio anche io. Ma quante possibilità hai di entrare nel quartier generale di Smyth e venirne fuori vivo?"

Distolgo lo sguardo. "Porto Nash con me."

"Sul serio?"

"Cosa vuoi che faccia, Layne? Che mi arrenda così? Questa è tutta la mia vita." Faccio l'errore di guardarla in faccia, giusto in tempo per vedere il dolore che le segna il viso.

"Pensavo di esserci anche io nella tua vita, adesso."

"Layne…"

Si avvicina, mi appoggia le mani sul viso. "Sam. Ti amo. Voglio questa cosa per te. Ma… non buttare via la tua vita. Facciamoci furbi. Prepariamo un piano ben congeniato."

Chiudo gli occhi. Le sue dita sono così delicate sul mio viso… Inalo il suo odore, memorizzandolo.

"Sto morendo, ma non è necessario che muoia anche tu" sussurra. "Hai tantissimo per cui vivere. Ti prego."

Mi stacco da lei.

"Sam" mi implora, e io mi allontano dalla sua voce spezzata.

"Devo farlo. Sono nato in gabbia. Ho giurato vendetta da ragazzino. Devo mettere fine alla cosa."

"Fatti aiutare. Hai delle persone che ti vogliono bene. Non…"

La interrompo. "Piantala. Non metterò a rischio la vita di nessun altro."

"Solo la tua. E quella di Nash."

"Sì" dico. "Ma è una nostra scelta." *E siamo sacrificabili.*

Solleva il mento. "Se te ne vai, non sarò qui quando torni."

Quindi è così che deve andare?

"Layne, ho bisogno che resti. Ho bisogno di sapere che

sei al sicuro." Quando torno mi farò perdonare. Proprio come dopo il combattimento.

"*No*. Non mi stai ascoltando, Sam. Ti sto chiedendo di fare una scelta. Io o il tuo avventato piano di vendetta."

"Layne, devo…"

"Risparmiatelo." Alza una mano. "Puoi lasciarmi in aeroporto strada facendo. Vado a Londra da mio padre."

"Aspetta…"

"Non c'è nient'altro da dire. Fammi solo sapere quando sarà sicuro tornare. Sempre che tu ne venga fuori vivo."

In qualche modo, riesco a muovere le labbra. "Lo farò. Renderò la situazione sicura per te."

"No, non fingere di farlo per me, Sam. Tutto questo non è per me. Tutto questo è perché sei egoista e butti via la tua vita e tutto quello che avevamo." Scrolla le spalle. "Ma è una tua scelta. Io scelgo altro."

Sento gli ingranaggi lavorare rumorosamente nella mia testa, impedendomi di pensare.

Il dolore ha sfigurato il suo volto adorabile. Posa una mano sul mio petto e parte del rumore cessa. "Meglio così, Sam." Si china e mi bacia sulla guancia. "Non avrei voluto che mi vedessi morire. Abbiamo la nostra giornata in spiaggia da ricordare."

Il dolore mi esplode nel petto, mi offusca la vista. Incredibile a dirsi, ma la mia mente pratica funziona ancora, anche se tutto il corpo è indolenzito. *Richiamo Kylie.*

"Mi serve un altro favore. Puoi procurare un passaporto fasullo e un biglietto aereo per Londra per la dottoressa Layne Zhao? Dovresti avere i suoi dati e la foto nella cartella."

Kylie fa una pausa e spero con tutto me stesso che non mi chieda di più, perché mi sto letteralmente sgretolando in polvere in questo momento. "Lo posso fare stasera e spedirlo entro domani. Dove vuoi che lo mandi?"

Faccio un respiro di sollievo e le do l'indirizzo di Laurie.

Quando riaggancio, tento di offrire un sorriso a Layne, ma fallisco di brutto. "Kylie manderà qui passaporto e biglietto aereo domani. Stai attenta e permetti a Laurie di proteggerti fino a che non sarai fuori dal Paese, ok?"

Annuisce.

"Ho dei contanti nel furgone. Te ne do un po' per il viaggio."

"Grazie." La voce è stanca. Il viso è diventato pallido. Vorrei inginocchiarmi e implorare perdono, ma penso che abbia ragione.

Anche se sopravvivrò alla vendetta su Smyth, non abbiamo futuro. Sono un lupo troppo distrutto per vederla morire. Perderei il resto della sanità mentale, impazzirei non potendo fare nulla. E lei perderebbe tutta la sua dignità, con me lì a guardarla.

Posso tenermi aggrappato al ricordo della nostra felicità di oggi. Sulla spiaggia. Nella mongolfiera.

# CAPITOLO TREDICI

 *ayne*

MI HA DATO la mia giornata da sogno, e se n'è andato.

Che stronzata totale.

Dovrei essere incazzata nera, ma non lo sono. Sono solo stanca. Stanca fino all'osso.

Ecco come finisce la vita della dottoressa Layne Zhao. Non con un botto, ma con un piagnucolio.

Ok, ora sto facendo la melodrammatica, e non è nel mio stile. Cammino avanti e indietro nel piccolo cottage per gli ospiti di Laurie, raccogliendo cose e rimettendole giù di nuovo.

Ho preso la decisione giusta. Ho decisamente preso la decisione giusta.

E allora perché il cuore sembra avere bisogno di aiuto per battere? Perché sto versando tante lacrime da farci galleggiare su una barca?

Essere passata da una tale gioia a *questo* non può essere giusto.

Mi strofino il viso in bagno, sperando di lavare via il dolore, la paura.

*Sam potrebbe morire stanotte. Sam potrebbe morire stanotte.*

*Dio santo, fa' che Sam non muoia.*

E se vivrà... allora vorrò comunque non vederlo?

Ha senso? Non sarei felice che sopravvivesse e di poter assaporare qualche altro giorno, mese o addirittura anno con lui?

Sto solo facendo la testarda? Sì. Mia madre mi diceva sempre che starebbe stata la mia fine. Pensavo di aver scelto la cosa migliore per noi, ma... penso di aver fatto un errore enorme.

Per la prima volta nella vita, non mi interessa gettarmi nella ricerca. Preferirei piuttosto infilare la testa sotto alle coperte e piangere.

Già sento la mancanza di Sam.

Se gli succede qualcosa, non mi riprenderò mai. Mi si spezzerà il cuore.

Sento bussare. Mi passo ancora un po' di acqua sul viso e lo asciugo. Probabilmente è Laurie che controlla se sto bene.

"Arrivo" dico, raccogliendo i capelli in una coda di cavallo. Il morso di Sam è un segno rosso che quasi luccica sulla pelle pallida. Sento contorcersi lo stomaco. Spero di aver modo di imparare cosa significa essere la sua compagna.

Questo è il mio ultimo pensiero prima di aprire la porta e trovarmi davanti le guardie della Data-X che mi sparano al petto.

~.~

*Sam*

Io e Nash scarichiamo le attrezzature dal furgone. Il viaggio fino a Temecula si è svolto un silenzio, più che altro perché le mie labbra hanno dimenticato come muoversi. Non che sia un tipo molto loquace, comunque. E Nash chiaramente non lo è.

Accendo la ricetrasmittente. "Prova. Alfa, mi senti?"

Nash si tocca l'auricolare e annuisce.

Infilo una pistola nella cintura. Nash ne prende due.

Ora il treno non si può più fermare, ma se dovessi rifare le cose da capo sarei ancora a casa di Laurie, a implorare Layne di perdonarmi.

Aveva ragione. Ho scelto la sconsiderata vendetta al posto dell'amore.

Che razza di idiota sono?

La cosa migliore che posso sperare è di uscire vivo da qui, in modo da tentare di convincerla a lasciarmi rientrare nella sua vita.

E non so come farò, ma non mi arrenderò fino a che non ci riuscirò.

# CAPITOLO QUATTORDICI

ayne

LE LUCI mi lampeggiano in faccia mentre rinvengo. Mi pulsa la testa e sento il petto dolorante, rigido, ma non sono morta. Quindi non mi hanno colpito con un proiettile vero. Una pistola tranquillizzante. Magari si aspettavano di trovarsi davanti Sam.

"Aah, sei sveglia." Una voce familiare, un volto offuscato. *Smyth.*

La repulsione mi pervade come sempre. Anche quando ancora non sapevo delle atrocità che aveva commesso, odiavo il suo brutto muso da pervertito. Mi sa che il mio istinto c'ha visto giusto fin dall'inizio.

Non che mi dia soddisfazione.

"Dove sono?" dico sbuffando, cercando di articolare la mandibola. Ho la bocca impastata.

"Non lo riconosci?" Si guarda attorno. "Certo che no. Non sei mai stata nella base del Progetto Alfa."

Le pareti bianche, le attrezzature argentate, i computer che fanno *bip bip*: mi trovo in un laboratorio. Di colpo mi sveglio completamente.

"Anzi, una delle basi" si corregge Smyth. "L'ultima è stata distrutta da un incendio qualche mese fa. Se n'è assicurato il tuo collega."

Ah, sì. Pensano che io e Sam lavoriamo insieme. Tutti i combattimenti e le piste… questo era il laboratorio che Sam voleva trovare. Almeno non era con me quando questi mascalzoni mi hanno preso.

Non che l'abbia perdonato per essersene andato.

Mi lecco le labbra, cercando di produrre della saliva in bocca. Sono legata a una barella di qualche sorta, sollevata come un letto d'ospedale.

"Io non c'entro niente" dico. "Ma non ha importanza. Quello che sta facendo a questi mutanti… a questa gente... è sbagliato."

"Oh, Layne." Ride. "Hai sempre avuto un cuore d'oro. La compassione porta sempre a vere scoperte scientifiche, lo sapevi?" Scuote la testa. "Non importa. Risorgeremo dalle ceneri. E l'ironia della sorte vuole che sia tu a fare strada in quel senso."

Indica qualcosa, e allungo il collo in direzione di una grossa sacca piena di fluido appesa a un supporto accanto a me, con un liquido verde che scorre nei tubicini che terminano con un ago conficcato nel mio braccio.

~.~

*Sam*

"Alfa, ci sei? Entra, Alfa." Mi accuccio sotto a una scala dopo essere entrato nel laboratorio di Smyth. "Nash? Ci sei?" Dannazione. Nash non è più in linea.

"Guai in paradiso?" Una voce familiare mi gracchia nell'orecchio.

"Kylie?" Premo un dito contro l'auricolare per avere conferma.

"Chi altri sa hackerare un sistema di ricetrasmittenti?"

"Ma come…" Non ci posso credere.

"Oh Sam, quando la smetterai di sottovalutarmi?"

Scuoto la testa.

"Vedo che sei al laboratorio di Smyth."

Non le chiedo come faccia a saperlo. "Sì. Adesso lo anniento. Vuoi aiutarmi?"

"Sono con te, Sam. A ogni passo."

"Va bene. Vedi se riesci a localizzare Nash. Non voglio che agisca da solo."

"Lo sto facendo." La velocità di Kylie nel digitare sembra lo scorrere di una cascata.

Controllo le armi che ho con me e aspetto. Nash potrebbe essere nascosto in un'area dove il segnale non è ottimale.

Certo, è anche possibile che abbia visto il nemico e abbia perso il controllo del suo leone. Nel caso, spero di non fare da ulteriore corpo morto.

"Nessun segnale di Nash" mi informa Kylie.

"Dannazione."

"Ho altre brutte notizie." La durezza della sua voce mi fa irrigidire. "Ho appena hackerato le videocamere di sicurezza della Data-X."

"Vedi Nash?"

"No." La voce di Kylie sembra strana. Tocco l'auricolare, ma non è colpa del dispositivo. È proprio la voce: è piena di orrore. "È Layne. Smyth l'ha presa. Sam, è nel laboratorio insieme a te."

~.~

*Layne*

"COSA STA FACENDO?" Mi contorco sotto alle funi che mi tengono legata, ma sono ben salde. Smyth fa il giro della barella, sorridendo.

"Che problema c'è, Layne? Hai paura di fare parte di un progetto di ricerca? Pensavo che fin dall'inizio il piano fosse trovare la cura per la tua malattia." Giocherella con il tubicino della flebo. "Questo dovrebbe curare qualsiasi male ti affligga."

"Che cos'è? Cosa mi sta somministrando?"

"Non ti preoccupare, Layne." All'improvviso gli occhi gli brillano in maniera surreale. "Ti farò sentire meglio. Ti farò sentire più di quello che sei."

~.~

*Sam*

. . .

LE PAROLE di Kylie mi riverberano dentro.

"Dove?"

"È legata a una specie di letto. È viva."

Cazzo. Al diavolo tutti i miei piani. Devo arrivare a Layne.

"Hai trovato una piantina di questo posto?"

"No, ma posso mettere insieme un percorso usando le videocamere di sicurezza. Ho anche delle letture in profondità da satellite."

Non chiedo altro. Jackson e Kylie adorano comprarsi e regalarsi gadget folli. Non mi stupirei se fossero anche in possesso di un satellite illegale.

"Mi devi guidare. Dimmi come arrivare da Layne."

~.~

*Layne*

"DANNAZIONE, SMYTH." Lotto come una pazza, fino a trovarmi senza fiato. Sento dei lividi sul petto.

"Calmati" dice Smyth. "Succederà, che ti piaccia o no. Un giorno mi ringrazierai."

I suoi occhi luccicano, gialli. Proprio come quelli di Sam. Ma l'unico motivo per cui possono brillare a quel modo è che…

"Sei un mutante" dico sussultando.

"Sei intelligente. Che peccato sprecare un tale potenziale. Un altro motivo per sperare che il mio piccolo esperimento vada bene."

"Ma…" La mia mente sta correndo a mille. "Perché? Perché fare una cosa del genere alla tua specie?"

"Non sono la mia specie" dice Smyth di colpo, chinandosi su di me. "Deboli degenerati." Goccioline di saliva gli volano dalla bocca.

"Non è vero." Tiro la mano, chiedendomi se sia possibile sfilarla dalla manetta. Devo continuare a far parlare questo pazzo. "Non sono deboli."

"Non tutti, Layne. Alcuni di loro sono pezzi validi. Nash Armstrong, il leone."

Cerco di assumere un'espressione vuota, ma Smyth annuisce. "So che hai sentito parlare di Nash. Un bell'elemento, vero?"

*Fino a che non l'hai torturato*, mormoro quasi, ma il mio ex capo sta ancora parlando tra sé e sé.

"Dalla sua linea nascerà una razza campione."

Perché cazzo sono finita a lavorare per questo tizio? Ho sempre pensato che mettesse paura. Devo aver messo la ricerca davanti a ogni altra cosa. Ma non accadrà più. Sam aveva ragione, e nei pochi giorni che ho passato con lui mi ha dato la forza di cavarmela da sola. La nuova Layne prenderebbe Smyth a pugni per averla guardata in modo lascivo.

Smyth sta ancora parlando della sua 'razza campione'. Nel frattempo lo strano liquido verde mi sta scorrendo nelle vene. Tiro la manetta fino a che sento le lacrime agli occhi. Niente. Qualsiasi cosa ci sia nella flebo mi sta entrando nel braccio, che mi piaccia o no. "Tu sei pazzo."

"Sono un genio. Un visionario. Come te, Layne. Sai che l'intera razza dei mutanti è in pericolo di estinzione? Ci sono sempre più bambini nati difettosi. Incapaci di tramutarsi. Io sistemerò tutto."

Scuoto la testa. Qualcuno deve aver mangiato muffin all'illusione per colazione.

"È possibile, capisci. E tu puoi aiutarmi."

"Mai."

Smyth sorride. "L'hai già fatto. Decodificare il DNA era esattamente l'aiuto di cui avevo bisogno. E ora mi darai una mano con la prossima fase del progetto."

"No…"

"Quando il siero avrà effetto, non avrai scelta."

~.~

*Sam*

"GIRA A SINISTRA QUI. POI A DESTRA." Le istruzioni di Kylie mi fanno muovere e avanzare. Avevo in programma di dedicare più tempo all'esplorazione del posto, per rubare i dati. Trovare Smyth. Ora niente di tutto questo ha più importanza. Devo trovare Layne.

Salta la corrente elettrica. Faceva parte del piano. Posso solo sperare che Nash stia bene.

Accendo la ricetrasmittente. "Nash, qualsiasi cosa tu stia facendo, *stai giù*. Hanno Layne. Ripeto: hanno la mia compagna. Devo portarla fuori di qui."

I generatori si avviano quasi all'istante. Il corridoio resta buio, ma davanti a me si vede la luce filtrare da sotto una porta. Il laboratorio.

Corro mentre l'allarme inizia a suonare. Dopo quello che è successo nell'altro, probabilmente hanno migliorato il sistema di emergenza per chiudere il posto in caso di blackout. Con questa gente non si scherza.

Il laboratorio ha una finestrella da cui sbirciare. Layne è lì, legata a una lettiga, una flebo attaccata al braccio.

"L'ho trovata" dico a Kylie.

"Ricevuto. Sto mappando le vie di fuga."

La porta del laboratorio è chiusa a chiave. Acciaio rinforzato: per tenere alla larga i mutanti. O per tenerceli dentro.

Fortunatamente ho proprio quello che mi serve per far saltare per aria la porta.

In mezzo a una nuvola di fumo, dopo l'esplosione, entro di corsa.

"Sam?" Layne sgrana gli occhi.

"Va tutto bene, sono qui." Corro da lei mentre la sento gridare: "No! È una trapp..."

"Bene, bene, bene. Guarda un po' chi abbiamo qui." Un uomo sbuca da dietro la tenda della sala operatoria con una pistola puntata alla testa di Layne.

Smyth.

"Resta dove sei" mi dice, e mi fermo di colpo mentre il viso di Layne si contorce per il dolore. "Cosa cazzo le stai facendo?"

"È solo una piccola assicurazione. Il picco del lavoro della mia vita. Sapevo che qualcuno avrebbe tentato di fermarmi, Sam. Non avrei mai pensato che saresti stato tu." Il suo sguardo mi scruta. "Non pensavo che fossi abbastanza forte."

"Lasciala andare" ringhio. Il mio lupo non capisce perché non sia già dall'altra parte della stanza per lacerargli la gola. La cosa che sogno di fare da otto anni. Ma non posso. Non posso fare del male a Layne.

"Ho quasi finito. Se ti muovi, le faccio saltare le cervella. Ci sono proiettili d'argento, progettati per uccidere un mutante all'istante. Pensa cosa farebbero a lei."

"Sparale e sei morto."

Layne scuote la testa. "Sam, lasciami perdere. Tanto morirò lo stesso. Vai e vivi."

"Non me ne vado senza di te."

"Ma che carini…" Ci prende in giro Smyth. "Sam ha una fidanzatina. Ecco spiegato il morso sulla spalla. L'hai marchiata. Bizzarro. È una cosa così da maschi, no? A noi piace marchiare il territorio."

Isolo la voce di Smyth. Gli piace parlare, me lo ricordo. Delle goccioline di sudore si stanno formando sulla fronte di Layne. Qualsiasi cosa Smyth le stia pompando dentro, la sta ammazzando.

"Perché fai tutto questo?" chiedo, senza distogliere lo sguardo da Layne.

"Deve morire comunque. Sai della sua piccola malattia? Ereditaria. Come i geni dei mutanti. Ecco cosa mi ha spinto ad assumerla. Non avevo mai visto una persona tanto dedita a una ricerca."

"No, intendo: perché fai tutto questo?" Faccio uno scatto con la testa a indicare l'intero laboratorio. "Catturare mutanti, torturarli. Farli accoppiare."

"Dovevo risolvere il problema dei difettosi. La quantità di mutanti è calata fino a rasentare l'estinzione, e tutto per gli incroci con gli umani. Per risolvere il problema e creare la razza campione, dovevo decodificare il DNA di un mutante. Ci vogliono un sacco di campioni. Dati. Analisi. Per fortuna ho avuto Layne a occuparsi dell'analisi per noi."

"Noi? Noi chi?"

Le sue labbra si curvano in un sorriso malizioso, ma scuote la testa. Non intende fare il nome dei cospiratori come fanno sempre i criminali nei momenti clou di una serie TV.

"Per quanto riguarda Layne, ho pensato che avremmo dovuto ucciderla comunque. Ma odio davvero tanto dover vedere una mente così brillante sprecata in questo modo. In quanto a te, Sam: ricordi questo posto? Sei nato qui. Dovresti sentirti a casa."

"Questa non è casa mia."

"Ah no? Hai passato più tempo qui che in qualsiasi famiglia affidataria."

"Tu lo sai bene. Mi tenevi prigioniero." Fisso Layne cercando di pensare a un modo per uscire da qui. Si morde il labbro, incrociando il mio sguardo. Come ha potuto chiedermi di andarmene? Sa quanto la amo?

"Mi sono appena reso conto…" Smyth ricomincia a parlare. Vorrei potergli squarciare la gola, anche solo per farlo tacere. "… che questo posto è anche un tuo diritto di nascita."

"Di che diavolo stai parlando?"

"Ah. Non lo sai. Ti sei mai chiesto chi fossero i tuoi genitori? Ho selezionato i migliori DNA per crearti. Dovevi essere tu il primo della razza campione. Un po' una delusione, alla fine. Ma sono sicuro che vorrai sapere chi ti ha dato i natali."

Inspiro con forza.

"Avresti potuto indovinarlo." Smyth piega la testa di lato. "Penso che in qualche modo il tuo lupo lo sapesse. Ecco perché ha resistito tanto agli esperimenti. Altrimenti saresti morto, con tutte quelle torture. E invece no. Avevi una tale forza di volontà… peccato che il tuo corpo fosse così debole. Non sarai mai un alfa e neanche un beta. La mela non cade mai tanto lontano dall'albero."

"No" dico ansimando. *No.* "Non può essere."

Gli occhi di Smyth luccicano, giallissimi. "Eh già. Ho cancellato i registri, ma non posso negarlo, per quanto fossi deluso da te."

Deglutisco contro il dolore che provo nel petto. Smyth ha ragione. Da qualche parte l'ho sempre saputo. Per questo è sempre stato lui l'obiettivo unico della mia vendetta.

"Tu?" grida Layne. "Tu sei il padre di Sam? E poi l'hai torturato? Il tuo stesso figlio?"

"L'ho reso forte. È sopravvissuto ai test, come vedi. Si è trasformato in lupo ed è scappato. E ora siamo tutti qui. Una bella riunione di famiglia. Il mio discendente e la sua compagna."

Mi viene da vomitare. Il mio sangue è sporco. Non sarò mai pulito.

"Unisciti a me, Sam. Insieme potremo ricreare la nostra specie e trasformarla in ciò che avremmo sempre dovuto essere."

Non riesco a parlare.

"Una razza campione" dice Smyth, orgoglioso. "Presto avrò il siero. Saremo degli Alfa, Sam. Il mondo cadrà ai nostri piedi."

"Ecco" dice Layne. "Ecco perché l'hai fatto. Sei un mutante che non può tramutarsi."

Il volto di Smyth diventa rosso.

"Attenta, Layne" dico. "È lui che ha tutto il potere, qui."

Lei ruota la testa.

"Ti amo" dico. "Qualsiasi cosa accada, ricordatelo."

"Sam, no." Muove la testa di scatto e il suo corpo si contorce.

"Resta dove sei" dice Smyth agitando la pistola. Resto immobile, per quanto mi senta morire.

"Cosa le sta succedendo?"

Layne si contorce sul tavolo. La saliva le schiuma agli angoli della bocca.

"Va tutto bene. Un normale effetto collaterale. Il suo corpo sta subendo la trasformazione."

Il corpo di Layne si inarca, lottando contro alle funi che la trattengono, mentre lei annaspa per respirare.

"Cosa cazzo le hai dato?"

L'edificio trema.

Una bomba. Cazzo. Nash sta ancora facendo la sua parte per demolire questo posto.

Non gli ho dato un dispositivo esplosivo. Non sono così idiota. Avrà improvvisato. Leone pazzo.

"Resta dove sei" ringhia Smyth indietreggiando.

Devo fare qualcosa. Scatto alla velocità di un fulmine e sono quasi al fianco di Layne quando un'esplosione di dolore mi pervade il petto.

Smyth mi ha sparato.

~.~

*Layne*

GUARDO SAM CADERE. La mia vista si offusca, ma cerco di non perdere conoscenza. Qualcuno sta gridando. Sono io. Chiudo la bocca di scatto.

L'edificio è scosso da un altro tremito e delle fialette di vetro cadono a terra.

Smyth mi sbuffa accanto, alzandosi dal pavimento.

"Lasciala andare." Sam. È a terra, appoggiato alla scrivania ribaltata, il viso pallido. Sangue nero scorre da una ferita al petto, ma non è ancora morto.

Smyth traffica con le mani per ricaricare la pistola, dirigendosi verso di lui.

Il calore mi pervade. Faccio scattare la testa indietro, sbattendola così forte contro alla lettiga da perdere quasi conoscenza. Inarco la schiena, il mio corpo si contorce per il dolore mentre le orecchie mi si riempiono delle grida preoccupate di Sam.

"Layne? *Layne!*"

~.~

*Sam*

C'È qualcosa che non va. Non in me: sanguinare così tanto è una reazione più che normale a una ferita inferta da una pallottola d'argento.

Cazzo, mi fanno male le viscere. Grazie al cielo Smyth ha una mira di merda. Altrimenti, con un proiettile nel cuore, sarei già morto.

Il corpo di Layne rimane immobile. La chiamo e le vedo gli occhi aprirsi di scatto, illuminati da una limpida luce verde.

"Sta funzionando" dice Smyth sussultando. Si volta, la presa sull'arma allentata. Se riuscissi ad allungare un braccio, forse riuscirei a strappargliela di mano.

Un suono orribile esce dalla bocca di Layne. Un verso selvaggio, disumano. Il suo corpo trema. Le corde che la tengono legata alla lettiga si lacerano mentre un animale esce da lei.

Un'enorme tigre del Bengala salta giù dalla barella e si lancia addosso a Smyth.

Mi sa che il siero ha funzionato.

La tigre ringhia, soffocando con il suo ruggito le grida di Smyth. Tiene i grossi artiglia affondati nel petto dell'uomo.

Se non stessi già sanguinando, sussulterei. Conosco la sensazione che danno gli artigli di un felino.

Quando ha finito di ruggire, l'unico suono nel laboratorio è il gorgoglio del petto compresso di Smyth e il gocciolio del suo sangue.

"Layne?"

La tigre mi rivolge i suoi occhi chiari. Merda. Spero non sia troppo arrabbiata con me.

"Qui, gattina. Gattina" mormoro. Mi mostra le zanne.

"È morto?" Indico Smyth con un cenno della testa. La vista sta iniziando a farsi debole.

La tigre estrae gli artigli dal petto di Smyth con un rumore rivoltante. Il corpo dell'uomo è floscio a terra, il volto bianco e vuoto.

"Hai fatto un bel lavoro" le dico sommessamente. "Ma dovremmo assicurarcene."

Layne ringhia il suo assenso. Muove una zampa e fa scivolare la pistola di Smyth verso di me.

Cazzo. Amo questa donna.

"Ho bisogno del tuo aiuto."

La tigre viene verso di me con tutta la bellezza e la grazia di un predatore. Potrebbe farmi fuori in un batter d'occhio con un colpo di zampa.

Il mio lupo è in completa adorazione. Idiota.

Mi annusa, poi si abbassa in modo che possa metterle un braccio attorno al corpo. Afferro la pistola e insieme torniamo verso Smyth. Tenendomi appoggiato alla sua schiena, prendo la mira.

È mio padre. Dovrei sentire qualcosa di più oltre all'odio bruciante. Ma non provo niente.

Una pallottola nel cuore fa giustizia. Una volta fatto, crollo addosso a Layne.

L'edificio trema ancora una volta. Un'altra bomba. Nash ha portato più polvere da sparo di quanto avessi immaginato.

"Dobbiamo uscire da qui."

La tigre strofina il muso contro di me, spinge il naso contro al mio petto.

"Bende..." Tiro la maglietta e lei capisce. Un artiglio affilato come un rasoio mi strappa la maglietta aprendola in due. Inizio ad avvolgermela attorno per creare pressione sulla ferita. Non è molto, ma è tutto quello che ho fino a che non potrò levarmi l'argento di dosso.

Stringo le braccia attorno al corpo della tigre e le permetto di trascinarmi fuori dal laboratorio.

~.~

Più ci avviciniamo all'uscita e più forti risuonano le esplosioni. A intervalli regolari si sente un rombo che scuote l'edificio.

"Sam? Ci sei?" Kylie sembra fuori di sé.

"Eccomi."

"Grazie a Dio."

"Ho Layne." O meglio, lei ha me. "Stiamo tutti bene." Ho le braccia deboli, ma affondo di più le dita nella pelliccia della tigre, ora zuppa del mio sangue. "Ce ne stiamo andando. Nash sta mettendo bombe dappertutto."

"Granate, a dire il vero. Ho una visuale dell'esterno. Ho inviato un drone. Jackson sta venendo da voi con una squadra di estrazione."

"No, non lasciarlo..."

"Non ti preoccupare. Voi ve ne sarete andati da tempo.

Almeno faranno un po' di pulizia ed elimineranno un po' di merda. Faremo piazza pulita di tutti questi mutanti mercenari." La sfumatura assetata di sangue nella voce di Kylie mi fa ricordare perché sia meglio non mettersi mai contro di lei. Ovviamente adesso la mia fidanzata – se è sempre la mia fidanzata – è una mutante tigre. Diverse decine di chili di muscoli letali, completi di zanne e artigli.

Ci potrebbero volere un sacco di giri in mongolfiera per convincerla a perdonarmi.

"Prima porta te e Layne fuori di lì." Kylie mi fornisce una serie di istruzioni che io riferisco a Layne. Svoltiamo in un corridoio solo per vedere il soffitto che si piega, cavi che sfrigolano.

"Non posso andare da quella parte" grido a Kylie mentre Layne indietreggia, sempre trascinandomi. Passiamo accanto a una guardia morta e afferro la sua pistola, buttando via quella di Smyth. "L'edificio è instabile."

"Va bene. Nash sta facendo piovere polvere da sparo dal tetto. Se riesci a fermarlo un secondo, posso fornirti copertura."

"Il tetto?" Qui si va ben oltre al piano ordito da me e Nash.

"Già." Sembra che Kylie stia sorridendo. "Hanno mandato un elicottero per spargli, e lui ha fatto un tale salto dall'edificio da salirci a bordo e mandarlo a schiantarsi."

"Cazzo."

"Una figata!" dice Kylie entusiasta. "Ok, concentriamoci. Vedo una scala scendere alla tua sinistra. Vai giù, se puoi. Dovrebbe essere strutturalmente stabile. Cemento rinforzato per i mutanti e tutta quella roba lì."

"Potrei perderti" le dico.

"Non è un problema. Basta che scendi e poi prendi l'uscita. Se puoi... cioè, se non ci sono troppe guardie a bloccarti. Se sono in tanti, vedi se puoi arrivare a Nash perché ti copra."

"Ho anche un'arma."

"Ottimo. Quella dovrebbe permetterti di procedere. È possibile che l'edificio sia vicino al crollo. Vorrei che Jackson mi avesse regalato quel missile per il mio compleanno. Manderei all'aria quel posto del tutto e tu potresti correre sotto la copertura delle esplosioni."

"Cioè i nostri corpi in fiamme verrebbero scagliati in aria dallo scoppio" le dico con tono asciutto.

"Non cambia nulla comunque: Jackson il missile non me l'ha comprato. Mi ha portata alle Hawaii e mi ha regalato un braccialetto di diamanti."

"Scala per l'uscita" dico a Layne. "Kylie, ci siamo."

"Prova a chiamare Nash" mi ordina. "Ho cercati di contattarlo, ma non mi riconosce."

"Ricevuto."

"Ci vediamo dall'altra parte."

Il canale cambia su Nash. "Alfa, ci sei? Io e Layne stiamo uscendo. Abbiamo bisogno di fuoco di copertura sull'ala ovest. Poi ti tireremo fuori."

Aspetto, ma nessuna risposta. Cazzo.

"Siamo soli" dico alla tigre Layne. È davvero bellissima, e calma, il muso striato e regale. "Se non ne vengo fuori vivo, voglio ringraziarti per avermi salvato la vita. Ti amo." Cazzo, mi si sta davvero annebbiando la vista.

Lei spinge la sua grossa testa contro di me e la abbraccio. L'argento mi sta succhiando le energie, ma riesco a stare appeso quel che basta a scendere la scala e arrivare all'uscita. Spingo la porta e faccio capolino con la testa a sufficienza da scatenare una raffica di proiettili che mi fa ritirare nel buio.

"Siamo bloccati." Riprovo con Nash. Ancora nessuna risposta.

L'auricolare gracchia.

"Sam, mi senti?" Di nuovo Kylie.

"Sì."

"Ho hackerato il tuo…" Le interferenze le coprono la voce. "Stanno arrivando."

"Cosa?"

"Resisti, Sam. Stanno arrivando i rinforzi."

~.~

*Layne*

SAM SI AFFLOSCIA e io ringhio. Il mondo è più ristretto e più ampio allo stesso tempo, pieno di odori e istinti che non conosco. I miei artigli si piegano contro al cemento. Ho voglia di distruggere il mondo.

L'edificio trema. Cazzo. Devo tirarci fuori di qui. Possiamo sopravvivere ai proiettili, ma non a un edificio che ci crolla addosso.

Penso.

Afferrando la cintura di Sam tra i denti, trascino il suo corpo svenuto verso la porta.

"Layne?" mormora, mentre le pareti tremano un'altra volta. Sembra riprendersi ed estrae la pistola. "Va bene. Usciamo da qui. Kylie, dimmi quando." Mi avvolge la sua cintura attorno al collo, infilandoci dentro il braccio. "Pronta?"

Annuisco. "Tre, due, uno."

Sbatto contro alla porta e corro alla luce del sole.

Le macerie ci piovono attorno, insieme agli spari. Sam risponde con la pistola mentre lo trascino, cercando di andare verso il bosco. Le pallottole fanno saltare la terra davanti a noi e mi fermo di colpo.

"Layne, vai" insiste Sam. "Nash ci sta coprendo."

Siamo a poche decine di metri dal bosco, quando si sente il rumore di un motore. Il furgone di Sam sfreccia tra noi e gli alberi.

La portiera laterale si apre di scatto e Declan sbuca con la testa.

"Andiamo, lupacchiotto! Piantala di abbracciare Tony la tigre e vieni via!"

"È Layne" grida Sam.

"Davvero? Cri… sto!" L'irlandese si appoggia in spalla un mitragliatore automatico e salta giù dal furgone. Scarica una gragnuola di proiettili in direzione degli spari nemici, mentre avanza verso di noi. "È un gattino bello grosso, cazzo."

Quando ci raggiunge afferra un braccio di Sam, sostenendolo per il resto del tragitto.

Siamo quasi al furgone quando qualcosa di bianco ci passa sopra alla testa. Mi giro ringhiando e colpisco alla cieca un paio di ali candide.

"Layne, ferma" dice Sam con voce roca. "È Laurie. È un gufo."

Un gufo. Ovvio. Mi chiedo come mai non ho mai domandato che mutante fosse. Avevo dato per scontato che lui e Declan fossero lupi come Sam.

Lascio che il gufo voli via e salto a bordo del furgone coprendo il corpo di Sam con il mio.

"Tutti a bordo?" chiede Parker dal posto di guida.

Declan chiude la portiera e salta sul sedile del passeggero, sistemando la mitragliatrice fuori dal finestrino. "Vai."

Parker preme sull'acceleratore e il furgone sfreccia in retromarcia. Mentre ci allontaniamo, l'edificio crolla. Un corpo con indosso una tenuta da combattimento nera salta dal tetto, giusto in tempo perché un gufo gigante lo afferri e voli insieme a lui verso la salvezza degli alberi.

~.~

*Sam*

Ho il corpo che pulsa di un dolore sordo e una sorta di prurito impossibile da grattare, che mi dice che i miei poteri di guarigione da mutante stanno funzionando. Qualcuno muove il cuscino su cui sono adagiato e non posso fare a meno di gemere.

"Sam? Sam? Sei sveglio?"

"Prova questo." Un bicchiere liscio mi tocca le labbra e un liquido mi scivola in bocca, scendendo bruciante in gola. Mi sveglio e sputo.

"Che cazzo fai?" grida qualcuno. Layne. "Non puoi dargli del whiskey!"

"È un lupo!"

"Si sta riprendendo. Basta. Fuori tutti."

"La gattina è arrabbiata…"

"*Ora*." La voce di Layne è mista al verso di un ringhio. Le mie narici si dilatano percependo un leggero odore di pelo.

"Layne?" Apro gli occhi. Lei sbatte la porta e ruota su se stessa, i capelli neri che volano attorno alle guance pallide.

"Sam? Stai bene?" Corre al mio fianco e mi appoggia

una bottiglia d'acqua sulle labbra. "Bevi questa. Dovrebbe lavare via qualsiasi cosa ti abbia dato quell'idiota irlandese."

Sorseggio lentamente guardandola fisso negli occhi. Ha la fronte corrugata, le guance arrossate, ma non sembra ferita. Ovviamente adesso non può avere nessuna cicatrice. È una mutante.

"Prova solo a rilassarti." Mi sorride mesta. "Sei privo di conoscenza dalla fuga. Ormai è il crepuscolo. Parker dice che probabilmente hai un avvelenamento da argento, perché il proiettile è rimasto dentro molto a lungo. Colpa mia. I tuoi amici ci hanno messo un bel po' a convincere la mia tigre a ritramutarsi."

"Dove siamo?"

"A casa di Nash. È tornato anche lui, anche se è andato a fare una lunga passeggiata. Può darsi che gli abbia urlato dietro per averti mollato e aver agito per i fatti suoi."

"I felini sono territoriali." Sorrido debolmente.

"Sì, beh." Layne fa finta di essere impegnata a sistemarmi le coperte. "Meglio che stia attento. Adesso sono grande e grossa come lui."

Le prendo la mano. "Sei magnifica."

Arrossisce. "Dovresti dormire."

"È un ordine?"

"Sì." Fa per andarsene.

"Layne."

Si gira, cogliendo il tono serio della mia voce. L'espressione è affaticata.

"Mi spiace tantissimo. Sul serio. Sono stato un maledetto idiota. Avevi ragione: ho scelto l'oscurità rispetto a te. L'odio sull'amore. E lo so che Smyth ormai è morto, ma ho bisogno che tu sappia che adesso ho aperto gli occhi.

"*Tu* sei l'unica cosa che conta per me. Tu mi fai sentire

sano di mente. Mi fai sentire di valere. E farò qualsiasi cosa per dartene prova."

Torna al mio fianco, appoggiando il suo sedere perfetto sul letto accanto a me. "Hai scelto me. Ti ho visto al laboratorio. Hai pensato solo a salvarmi. Sbarazzarsi di Smyth è una voce passata al secondo posto della lista."

Stringo un braccio attorno alla sua vita, la tiro a me. Non voglio lasciarla mai più.

~.~

*Layne*

MI SVEGLIO ACCOCCOLATA contro il corpo sodo di Sam. Mi ha tenuta stretta al suo fianco tutta la notte, un braccio avvolto attorno a me anche mentre dormiva.

I cambiamenti nel mio corpo da quando Smyth mi ha fatta tramutare mi fanno svegliare presto. Sono piena di energia ed eccitazione. Non prendo le medicine da ventiquattr'ore, ma non ne sento il bisogno. I tremori sono spariti.

Sono spariti, ma c'è un nuovo bisogno che mi fa fremere il corpo. Ed è completamente connesso al maschio che mi giace accanto. Il suo odore mi riempie le narici come un elisir, vellutato e virile. Anche se il suo respiro è lento e profondo nel sonno, ha il sesso che preme contro ai boxer, come un faro che mi invita.

Mi chiedo come si sentirebbe a essere svegliato da una tigre, o qualsiasi cosa io sia adesso.

Mi siedo e mi metto a cavalcioni del suo corpo, sorpresa da quanto il mio sia più flessuoso e agile.

Si sveglia in circa tre quarti di secondo e le sue mani scattano sui miei fianchi, il suo membro spinge verso l'alto, proprio dove lo desidero.

"Buongiorno" dico con voce suadente, facendo ruotare il bacino e strusciando contro di lui per appagare il bisogno che ho tra le gambe.

A Sam a quanto pare non serve altro tempo per adeguarsi al mio piano, e parole e spinte giuste gli escono subito. "Brava, dolcezza. Strusciami quella fica sul cazzo. Falli conoscere un po', prima che ti giri e ti sbatta fino a domani."

Inspiro, strofinando con più intensità. Mi porto le mani sui seni.

"Levati la maglietta" dice Sam con voce roca. "*Adesso*." Il bagliore giallo che ha negli occhi eccita la mia tigre. Mi sfilo la maglietta e la getto sul pavimento. Non indosso niente, eccetto un paio di semplici mutandine in cotone che mi ha comprato al negozio, ma le fissa come se fosse la lingerie più sexy mai vista in vita sua.

Adoro la sfacciata fame che ha in volto. Perché non è solo la mia tigre a rendermi potente. È Sam. Il bisogno che Sam ha di me. Il suo perdere il controllo quando mi tocca.

Mi porta il pollice sopra al clitoride e inizia ad accarezzarlo attraverso la stoffa. Un brivido mi pervade. "Dieci secondi." Solleva lo sguardo dalle mutandine al mio volto. C'è un'espressione di sfida nei suoi occhi, ma non capisco. "Dieci... nove..."

Colgo quello che vuole dire e cado in vanti, stringendo con le mani i suoi bicipiti di ferro e facendo scattare i fianchi per creare frizione tra i nostri corpi.

Gli occhi di Sam ruotano indietro e lo sento gemere. "... sette... sei... cinque..."

Il mio respiro si fa più affannoso. Potrei davvero venire così, senza nient'altro che una strofinatina.

Sam mi tira il bacino avanti e indietro, tenendomi giù, aiutandomi. "Quattro... tre... due..."

Fa ruotare i nostri corpi e mi blocca i polsi sopra alla testa. I suoi occhi sono totalmente d'ambra. Mi chiedo di che colore siano i miei: la mia vista è decisamente diversa.

"Uno." Con la mano libera strappa la stoffa delle mutandine.

Libera il membro dai boxer.

Un ringhio gli esce dalle labbra, ma scuote la testa come a riprendersi. "Preservativo" dice con voce roca. "Non ti muovere."

Arranca per andarlo a recuperare e nel frattempo si libera dei boxer. Il suo sesso si protende, eretto e lungo. È *per* me.

Mi porto le dita tra le cosce mentre lo guardo infilarsi il preservativo.

Lo sento emettere un ringhio basso e carico di disapprovazione. Mi solleva la mano, portandosi le dita alle labbra. "È mia." Lecca via la mia essenza, poi mi succhia le dita. "Questa fica è mia e le do piacere io, dolcezza. Se mi togli il lavoro, ci saranno delle conseguenze."

Un largo sorriso mi distende le labbra. "Ah sì?"

Avvicina la cappella alle mie pieghe bagnate e ci strofina contro. "Sì."

"C-che genere di conseguenze?" Sto perdendo il fiato.

Mi penetra. Spinge a fondo e poi esce. Spinge dentro ancora.

"Lo sai." Inarca le sopracciglia, guardandomi ironico, in un modo che mi fa contrarre le dita dei piedi. "Una punizione."

Il mio sesso si stringe attorno a lui e inarco a schiena, lasciando andare indietro la testa.

Un suono rombante gli sale dal petto. "Ti piacciono le punizioni, vero, dolcezza?"

"Sì." All'improvviso lo voglio più forte. Più rude. "Più forte, Sam."

Sam lo tira fuori e mi fa ruotare a pancia in giù, tirandomi su le anche in modo da farmi appoggiare sulle ginocchia. "Hai bisogno che ti scopi forte, dolcissima tigre?" Mi afferra una ciocca di capelli e mi tira indietro la testa mentre nello stesso momento mi penetra.

Sento un ringhio e sono stupefatta di rendermi conto che è uscito dalla mia bocca. Le mie unghie si allungano diventando artigli piantati nel materasso. Inarco la schiena e spingo indietro il sedere per accogliere i suoi colpi.

Mi tiene prigioniera per i capelli mentre mi sbatte contro con i fianchi, dandomi ogni incredibile centimetro del suo sesso. Con l'uccello mi colpisce le pareti interne e gli spasmi iniziano: un fremito spiraleggiante che mi fa vibrare cosce e pancia.

"*Sam*" grido, quasi allarmata dall'intensità che provo.

"Prendilo" ringhia.

"Sì. *Ti prego.*"

"Mi stai implorando? Siamo entrambi in ginocchio, piccola. E preghiamo per la salvezza che arriverà… proprio… adesso." Le sue ultime parole sono quasi incomprensibili, tanto sono intrecciate con il verso animale.

Spinge così forte da mandarmi con la pancia contro al materasso, affondando dentro di me al punto da farmi pensare che mi spaccherà in due. Il suo ruggito riempie la stanza mescolato alle mie grida appassionate.

Le mie pareti interne si contraggono e poi allentano la presa, stringendosi mentre l'orgasmo mi pervade in una successione di ondate d'estasi.

"Dolcissima tigre."

Non so quanto tempo passi: sto fluttuando da qualche parte tra l'estasi e gli angeli.

Sam sta uscendo da me, sussurrandomi dolcemente nelle orecchie, accarezzandomi i capelli e scostandomeli dal viso. Fa per prendermi delicatamente tra le braccia quando faccio un salto e lo blocco sul letto.

Non capisco esattamente cosa sto facendo fino a che non affondo i denti nella carne della sua spalla.

Sam inspira con forza e poi ride.

Sento il sapore del suo sangue e mi stacco, inorridita. "Oh mio Dio! Cos'ho fatto?" Mi copro la bocca con la mano.

Lui me la sposta e mi asciuga il sangue dall'angolo delle labbra. "Penso che tu mi abbia appena marchiato." Ride di nuovo. "Scommetto che sei una tigre alfa." L'orgoglio gli brilla negli occhi. "Marchi il tuo maschio per tenere alla larga le altre femmine."

Una risata isterica mi esce dalle labbra. "Davvero?" Ora che lo dice, riconosco il senso di proprietà che provo nei suoi confronti. La Layne che si tirava indietro e prendeva merda da tutti non c'è più. Lotterei contro ogni minaccia a Sam, maschio o femmina.

Mi chino verso di lui e lecco la ferita, come Sam ha fatto con la mia.

"Ora sono tuo. Proprio come tu sei mia." I suoi occhi sono tornati azzurri. L'azzurro del mare. Del cielo durante il nostro giro in mongolfiera.

"E adesso?" chiedo, leggermente senza fiato. Per la prima volta in vita mia non provo il costante bisogno di andare a fare altro. Di applicarmi meglio. Di raggiungere uno scopo.

Sto benissimo qui.

Mi basta stare con Sam.

E con me stessa.

# CAPITOLO QUINDICI

ayne

"Quindi è così? Ve ne andate?" chiede Parker. Siamo tutti raccolti nel salotto di Nash; tutti tranne il leone, che si fa vedere poco.

Sam mi tiene un braccio attorno alle spalle. "Penso sia meglio se io e Layne stiamo nell'ombra per un po'."

"Più all'ombra che qui" dice Declan sorridendo e mostrando una bottiglia di liquore priva di etichetta.

"Già." Sam scuote la testa. "Non penso Layne abbia molto gradito la vostra performance di stanotte, mentre cantavate ubriachifuori dalla nostra finestra alle tre del mattino."

"Era un'ottima vecchia serenata irlandese" protesta Declan.

"Sì, beh, siete stati fortunati che la mia tigre non avesse fame" dico.

"Certo che sono fortunato. Non è stata una mia idea. È stato Laurie."

Il mutante gufo alza le mani quando gli lancio per scherzo un'occhiataccia.

"È vero, non si può resistere a una bella storia d'amore. Neanche Nash può farne a meno, anche se non lo dà a vedere." Declan infila la testa in corridoio e grida: "Ma in fondo è un vecchio tenerone anche lui, vero?"

La porta della camera di Nash è scossa da un ruggito.

"Si riprenderà" dice Declan facendoci l'occhiolino.

"Oppure si stancherà e ti divorerà" lo corregge Sam.

"Quello che è." Parker scrolla le spalle.

"Se avete bisogno di noi, siamo qui" dice Laurie. La sua balbuzie è migliorata di molto dopo il combattimento.

"Ci mancherai, gattina." Declan viene verso di me a braccia spalancate. "Posso abbracciarla?" chiede a Sam.

"No" rispondiamo io e Sam all'unisono, ma lo abbraccio comunque e poi stringo Laurie, mentre Sam e Parker si danno una pacca sulla schiena a vicenda.

Escono tutti per salutarci.

"Allora" chiedo. "Dove andiamo?"

"Potrei portarti a casa" dice Sam. "Smyth e i suoi uomini sono morti."

"Santiago c'è ancora" gli ricordo.

"Non per molto" giura Sam. "Nel frattempo… conosco un posto dove potremo stare."

"Mi fido di te." Mi appoggio al sedile. "Andiamo."

Si porta il telefono all'orecchio.

"Sam, sei tu?" Dal Bluetooth si sente la voce di una giovane.

"Sì. Sono io." Sorride e si gira dicendo con il labiale: *Kylie*. Annuisco.

"Oh, grazie al cielo. Anche se sarà meglio che tu abbia un buon motivo per chiamarmi da una linea non sicura."

"Tutta la mia attrezzatura è andata incendiata nel raid."

"Sì, la struttura è andata in cenere. Chiunque sia quel tuo amichetto leone, ne sa davvero di esplosivi. Jackson e Garrett sono arrivati giusto in tempo per guardare i vigili del fuoco che tentavano di domare le fiamme. Sam." La voce cala, diventando un sussurro deferente. "Penso abbia usato il napalm."

"Nash è pazzo" conferma Sam. "Ma non è per questo che sto chiamando, Kylie. Sto venendo a casa."

"Sul serio?"

"Sì, una volta per tutte." Sospira. Gli stringo la mano e lui la allunga per scostarmi una ciocca di capelli neri dal viso. "E porto con me una persona che voglio farvi conoscere…"

# EPILOGO

Il cursore sul computer lampeggia, guardandomi. Sono con lo sguardo fisso. Quando i dati finiscono di caricarsi, appoggio la schiena e sorrido.

Due mani mi coprono gli occhi.

"Indovina chi è?"

Sorrido. "Sento il tuo odore."

"Ah sì?" Le labbra di Sam trovano le mie orecchie. "Vuoi sentire anche il sapore?"

Giro la testa, tenendo gli occhi chiusi mentre ricevo il suo bacio.

"Perché, dottoressa Zhao" mi mormora contro alle labbra, "sei molto brava in questo."

"Sono una studentessa che si applica velocemente" dico come facendo le fusa.

"Perché velocemente? Perché non lentamente?" Un altro bacio e poi appoggiamo le nostre fronti l'uno all'altra, assaporando il momento. Restando insieme. Respirando i nostri odori.

"Pensi di lavorare tutta la sera?"

"È sera?" Alzo la testa e lo guardo perplessa. Il sole del tardo pomeriggio illumina ancora il mio piccolo laboratorio.

"Se posso tentarti e convincerti a finire prima…"

"Tu mi tenti sempre."

"In questo caso..." Si china per baciarmi un'altra volta, ma un gridolino ci separa.

"Bimba in laboratorio" annuncia Sam, allontanandosi con un'espressione addolorata in viso.

"Ehi, Jay" dico prendendo in braccio la piccola che sta gattonando sul pavimento. "Chi è la mia gattina preferita?"

"Lupacchiotta" mi corregge Sam.

"Non si saprà fino all'adolescenza" gli dico con tono arrogante, e porto la preziosa bimba fuori dal miolaboratorio sussurrandole: "Mutante felino, mutante felino."

Il laboratorio è un ex spogliatoio della piscina. Kylie e Jackson sono andati un po' fuori di testa, mi hanno comprato attrezzatura di prim'ordine, quindi è effettivamente il posto perfetto dove continuare le miericerche. La meravigliosa piscina subito fuori porta e le frequenti interruzioni da parte della bimba sono altri graditissimi vantaggi.

"Jaylin, eccoti qua" esclama Kylie venendo verso di noi. La piccola gorgheggia tendendo le manine verso la sua mamma. "Mi sono girata solo un momento."

"Sta diventando velocissima." Rido.

"Spero non abbia interrotto la tua ricerca."

"No. Avevo quasi finito." Sorrido a Sam, che mi viene accanto e mi prende per mano.

"Avete fame? Jackson ha acceso la griglia."

"Non è lavoro tuo, di solito?" chiedo a Sam mentre facciamo il giro della piscina.

"L'ho lasciato a lui per poter venire a tirarti fuori da lì." Mi bacia la guancia

"Ah sì? Avevi intenzione di tirarmi fuori da lì?"

"Alla fine."

"Bel grembiule, Jackson" esclamo mentre raggiungiamo la veranda, dove un enorme lupo mutante è impegnato su una griglia con indosso un grembiule che dice 'Baciamo il cazzo'. Sbuffa e gira una bistecca.

"Gli uomini che cucinano sono sexy" dice Kylie.

Sediamo attorno al tavolo mentre Jackson cuoce tanta carne da rifornire un esercito, o quattro mutanti più una bambina. Ho dovuto abituarmi alla mia fame da tigre. Basta saltare il pranzo a suon di barrette ai cereali.

Per fortuna ho avuto Sam che mi ha aiutato a inserirmi nella società dei mutanti. A quanto pare Smyth ha fatto la pozione giusta. *Sono* un'alfa, come Sam aveva ipotizzato: quasi potente quanto Jackson. Questo ci rende un po' difficile la permanenza nel suo territorio. Per fortuna i felini pensano al dominio in modo diverso rispetto ai lupi. Fintanto che Sam è al sicuro, la mia gattona è felice.

Ed è un bene. La mia tigre probabilmente potrebbe sconfiggere Jackson in uno scontro uno a uno, ma Kylie non si batterebbe con correttezza.

"Ho un annuncio da fare" dico quando la cena arriva in tavola. "La ricerca è conclusa. Non ho la Barrington."

La dichiarazione viene accolta da esclamazioni di gioia. Accetto un abbraccio da parte di Kylie e poi torno tra le braccia di Sam.

"Un brindisi." Jackson alza il boccale di birra.

"A Layne" propone Kylie.

"Alla vita" la correggo. "E a tutti quelli che la rendono degna di essere vissuta."

~.~

*Sam*

DOPO QUASI DUE chili di carne, entro in casa per prendere altra birra e per avere un po' di silenzio. Durante la cena ho sentito vibrare il telefono in tasca e ora trovo una chiamata persa. Un numero sconosciuto, ma so chi è.

*Hai ricevuto il messaggio?* gli scrivo.

*Sì*, mi risponde subito. *Grazie infinite alla tua fonte.* Guardo fuori, verso il tavolo dove la mia *fonte*, Kylie, sta incoraggiando la figlia a fare i primi passetti tremanti verso Layne. Ci sono voluti un po' di mesi, ma Kylie è riuscita a tirar fuori degli indizi su una certa leonessa. Denali Decker non ha lasciato tante tracce, ma niente può fermare Kylie.

*Dimmi quando sei pronto a procedere col piano.*

Non passa un secondo e il telefono vibra per l'arrivo di un altro messaggio da parte di Nash.

*Sono pronto. Andiamo a trovare la mia compagna.*

# DI PROSSIMA USCITA - GUERRA ALFA

*N*ash

Sono sopravvissuto a missioni suicide in zone di guerra. A laboratori-prigione per mutanti. Alle peggiori torture immaginabili.

Ho accettato tutto. Niente mi ha messo al tappeto, fino a che non hanno fatto entrare nella mia gabbia una meravigliosa leonessa. Abbiamo passato insieme una notte, prima che i nostri aguzzini ci separassero.

Ma ora sono libero e il mio leone sta diventando matto. Mi distruggerà da dentro se non troverò la mia compagna.

Non so chi sia. Non so dove viva. Ma se non la trovo e non la faccio mia, morirò.

*Sto venendo a prenderti, Denali.*

**Denali**

Mi hanno portata via da casa mia, hanno ucciso il mio orgoglio, mi hanno messa in una gabbia e mi hanno costretta ad accoppiarmi. Mi hanno preso tutto, eppure sono sopravvissuta.

Ma una notte insieme a un leone mutante mi ha distrutta.

Nash mi ha portato via l'unica cosa che i miei rapitori non potevano toccare: il mio cuore.

In qualche modo sono fuggita, e vivo nel terrore che Nash e tutti gli altri vengano a prendermi. La situazione sta ammazzando la mia leonessa, ma devo nascondermi. Devo proteggere l'unica cosa che mi è rimasta e che non posso perdere: il nostro cucciolo.

# ALFA RIBELLI

# OTTIENI IL TUO LIBRO GRATIS!

Iscrivetevi alla newsletter di Renee per ricevere Indomita, scene bonus gratuite e notifiche riguardo a nuove pubblicazioni!

https://BookHip.com/MGZZXH

*Wild Card*

**Wolf Ranch**

*Brutale*

*Selvaggio*

*Animalesco*

*Disumano*

*Feroce*

*Indomita*

# L'AUTORE

**L'autrice oggi bestseller negli Stati Uniti Renee Rose** ama gli eroi alfa dominanti dal linguaggio sboccato! Ha venduto oltre un milione di copie dei suoi romanzi bollenti, con variabili livelli di erotismo. I suoi libri sono comparsi su *USA Today's Happily Ever After* e *Popsugar*. Nominata *Migliore autrice erotica da Eroticon USA* nel 2013, ha vinto come autrice antologica e di fantascienza preferita dello *Spunky and Sassy*, come miglior romanzo storico sul *The Romance Reviews* e migliore coppia e autrice di fantascienza, paranormale, storica, erotica ed ageplay dello *Spanking Romance Reviews*. È entrata cinque volte nella lista di *USA Today* con varie antologie.

Iscrivetevi alla newsletter di Renee per ricevere scene bonus gratuite e notifiche riguardo a nuove pubblicazioni!

https://www.subscribepage.com/reneeroseit

## L'AUTORE

Lee Savino è una fra le migliori scrittrici di libri erotici 'smexy' al giorno d'oggi negli Stati Uniti. 'Smexy' nel senso di 'smart e sexy': storie sensuali ed argute. La puoi trovare nel gruppo Goddess in Facebook ed è possibile scaricare un suo libro gratuito su www.leesavino.com!